囍

O símbolo da felicidade

© 2018 por Juliano Fagundes
© iStock.com/Yuri_Arcurs

Coordenadora editorial: Tânia Lins
Coordenador de comunicação: Marcio Lipari
Capa e projeto gráfico: Equipe Vida & Consciência
Preparação e revisão: Equipe Vida & Consciência

1ª edição — 1ª impressão
2.000 exemplares — setembro 2018
Tiragem total: 2.000 exemplares

**CIP-BRASIL — CATALOGAÇÃO NA PUBLICAÇÃO
(SINDICATO NACIONAL DOS EDITORES DE LIVROS, RJ)**

A255s

    Aires (Espírito)
    O símbolo da felicidade / Juliano Fagundes ; pelo espírito
Aires. - 1. ed. - São Paulo : Vida & Consciência, 2018.
    224 p. ; 23 cm.

    ISBN 978-85-7722-568-2

    1. Romance espírita. 2. Obras psicografadas. I. Fagundes,
Juliano. II. Título.

18-51620	CDD: 133.93
	CDU: 133.9

Todos os direitos reservados. Nenhuma parte desta edição pode ser utilizada ou reproduzida, por qualquer forma ou meio, seja ele mecânico ou eletrônico, fotocópia, gravação etc., tampouco apropriada ou estocada em sistema de banco de dados, sem a expressa autorização da editora (Lei nº 5.988, de 14/12/1973).

Este livro adota as regras do novo acordo ortográfico (2009).

Vida & Consciência Editora e Distribuidora Ltda.
Rua Agostinho Gomes, 2.312 — São Paulo — SP — Brasil
CEP 04206-001
editora@vidaeconsciencia.com.br
www.vidaeconsciencia.com.br

囍

O símbolo da felicidade

JULIANO FAGUNDES

Romance ditado pelo espírito Aires

Sumário

APRESENTAÇÃO 7

CAPÍTULO 1 – ALVORADA 9

CAPÍTULO 2 - ROTINA 15

CAPÍTULO 3 – FÉ 18

CAPÍTULO 4 – SOMBRAS 21

CAPÍTULO 5 – LUZES 25

CAPÍTULO 6 – HISTÓRIA 33

CAPÍTULO 7 – DESLIZES 36

CAPÍTULO 8 – REVELAÇÃO 39

CAPÍTULO 9 – REFLEXÕES 43

CAPÍTULO 10 – SAÚDE 50

CAPÍTULO 11 – TREVAS 52

CAPÍTULO 12 – PASSADO 58

CAPÍTULO 13 – DECISÃO 62

CAPÍTULO 14 – TENTAÇÃO 66

CAPÍTULO 15 – FASCINAÇÃO 70

CAPÍTULO 16 – TRAGÉDIA 75

CAPÍTULO 17 – RECOMEÇO 81

CAPÍTULO 18 – PROVAÇÃO 87

CAPÍTULO 19 – CONTINUIDADE 92

CAPÍTULO 20 – PESQUISA 100

CAPÍTULO 21 – REINCIDÊNCIA 103

CAPÍTULO 22 – HOSPITAL 108

CAPÍTULO 23 – REENCONTRO 112

CAPÍTULO 24 – RECUPERAÇÃO 116

CAPÍTULO 25 – ALÍVIO 122

CAPÍTULO 26 – TRANSFORMAÇÃO 127

CAPÍTULO 27 – OBSESSÃO 135

CAPÍTULO 28 – CONFLITO 139

CAPÍTULO 29 – VISITA 145

CAPÍTULO 30 – PREPARAÇÃO 150

CAPÍTULO 31 – FLAGRA 156

CAPÍTULO 32 – ENCONTRO 163

CAPÍTULO 33 – TORMENTO 168

CAPÍTULO 34 – PASSADO 172

CAPÍTULO 35 – ACIDENTE 176

CAPÍTULO 36 – AUXÍLIO 183

CAPÍTULO 37 – RESGATE 187

CAPÍTULO 38 – ESPERANÇA 194

CAPÍTULO 39 – RENOVAÇÃO 201

CAPÍTULO 40 – DESPEDIDA 205

CAPÍTULO 41 – RENOVAÇÃO 212

CAPÍTULO 42 – REENCARNAÇÃO 217

Apresentação

Foi numa manhã ensolarada de segunda-feira, logo ao acordar, que percebi a presença de Aires pela primeira vez, inclusive despertei com seu nome gravado em minha mente.

E, enquanto preparava-me para ir ao escritório, fui ouvindo-o atentamente. Ele me convidou a escrever, contou-me uma história interessantíssima a respeito de uma jovem e bela garota com alguns desvios morais, e que, ao lado da mãe, sua grande amiga, viveria uma série de desventuras na busca por sua felicidade.

Em alguns minutos, me fez um resumo do que queria escrever. No entanto, não trabalharíamos por meio da psicografia tradicional. Ele me inspiraria com os temas a serem abordados e a sequência de acontecimentos que daria vida a incríveis personagens, e seria o mais fiel possível à realidade dos fatos.

Concordei, sem ressalvas. Mas, no dia seguinte, logo ao acordar, a primeira atitude que tomei foi consultar meu guia César sobre as intenções de Aires sem, claro, ser desrespeitoso com o nobre amigo que me buscava para auxiliá-lo a registrar sua história.

Através da psicografia, César disse-me que escrever com Aires seria uma experiência muito rica para minhas faculdades mediúnicas, mas que precisaria de muita concentração e sintonia com o novo amigo, para que seus pensamentos ecoassem em minha mente, encontrando a perfeita sintonia para o trabalho fluir.

Passei a escrever com ele diariamente, sempre pela manhã, ao acordar. Inicialmente, o método causou-me estranhamento. Eu estava acostumado a entregar-me ao transe mediúnico, deixando que o espírito comunicante escrevesse livremente, cabendo-me, ao final, apenas juntar as páginas para futura revisão e digitação. Aires exigiu de mim qualidades literárias que, até então, pensei não possuir.

Inspirando-me sobre o que queria escrever, ele primeiro aguardava-me desenvolver o texto com os acontecimentos sugeridos e depois revisava quantas vezes fosse necessário, ampliando parágrafos, trocando palavras e reescrevendo frases inteiras.

Ao fim de alguns dias apenas comunicava-me o que deveria escrever e deixava-me livre para escrever, quando tivesse disponibilidade. Assim, o trabalho fluiu com mais rapidez.

Como é inevitável acontecer no processo psicográfico, acabei envolvendo-me emocionalmente com as personagens da história que auxiliei a dar vida e, a cada dia, à medida que Aires contava-me o desfecho dos fatos, ficava ainda mais curioso sobre o que se desenrolaria no dia seguinte. Sentia-me integrante da trama, acompanhando o drama vivido por todos, no entanto, sem poder interceder e vendo os acontecimentos paralelos que culminariam em alegria ou sofrimento, sem poder alertá-los sobre o futuro que lhes aguardava.

Ao fim do trabalho, este é o resultado, feito com carinho e respeito, não só ao leitor amigo, mas à própria doutrina espírita, fonte de conhecimento eterno que nos prepara com êxito para a vida futura.

A todos que nos auxiliaram, seja na divulgação e publicação do trabalho, seja adquirindo uma edição, nosso sincero obrigado!

Juliano Fagundes

Capítulo 1
ALVORADA

"Eu estou me divertindo tanto!", pensou a jovem Helena sorrindo, sentada sobre uma grande toalha de piquenique estampada com listras coloridas, acompanhando com os olhos esmeraldinos duas garotinhas correndo risonhas por um campo verde, repleto de flores e botões multicores.

O céu de um azul anil profundo abraçava a cena que Helena considerava como um dia lindo, com um ar primaveril por toda parte: "Um dia perfeito", pensava ela.

A jovem observava a tudo com especial atenção aos detalhes, que lhe saltavam aos olhos. Via tudo em cores vivas, vibrantes, alegres que a encantavam profundamente, envolvendo-a numa atmosfera quase lisérgica. Sobre o monte em que estava, a brisa leve refrescava seu rosto, esvoaçava seus cabelos e agitava as folhas das árvores ao redor que, desprendendo-se, pousavam sobre o gramado. Sentia-se muitíssimo bem em meio a essa cena paradisíaca.

Olhando para o alto, entre as copas arbóreas, viu que o céu especialmente azul não estava manchado por nuvens. O sol, que não estava forte, a tudo iluminava agradavelmente, realçando cores e formas.

"Ainda está cedo", pensou novamente.

A risada das crianças podia ser ouvida ao longe e encantava Helena. No entanto, sem saber ao certo o que acontecia, algo passou, aos poucos, a incomodá-la, tirando sua atenção das alegres garotinhas. Estava desconfortável, a paz que sentia foi maculada, e ouviu, ao longe, o som de uma sirene. De início, quase imperceptível, mas que, aumentando gradativamente, tornou-se quase insuportável. Levantando-se bruscamente, fazendo com que a toalha se enrolasse ao toque da brisa, buscou em vão a origem do intermitente barulho e, levando as mãos aos ouvidos, alarmada, não conseguia mais ver as meninas, que havia pouco corriam na grama. Tampouco ouviu suas risadas ou o farfalhar das folhas ao vento. Imperava o desagradável som, mecânico e insistente.

Sentiu-se tonta, como se tomada por uma vertigem repentina, e buscou algum apoio inexistente. Notou que sua visão se embaçava e teve medo. Buscou novamente as garotas com o olhar, em vão. Gritou seus nomes, principiando desespero. Cambaleante, olhou para si mesma e notou, surpresa, que usava um vestido florido que sua mãe havia lhe dado anos antes, mas foi uma última e rápida visão, pois a escuridão logo tomou conta de tudo.

Não sentiu mais nada, nem o baque da queda, nem a dor do choque com o chão. Mesmo sem enxergar nada, mas ainda consciente, Helena notou que estava confortavelmente deitada. O som insistente e irritante continuava, mas não estava mais ao longe, pelo contrário, ouvia-o ao bem próximo. Abrindo preguiçosamente os olhos, notou, com a mente confusa ainda emaranhada aos últimos acontecimentos, que estava em sua cama. Olhando para o lado, encontrou a origem da estranha sirene em seu *smartphone*, cujo alarme programado gritava alucinadamente.

Helena despertava de um sonho, para viver mais um dia.

Erguendo o tronco bruscamente, a moça agarrou nervosamente o aparelho eletrônico com suas mãos delicadas e trêmulas e desligou o alarme. Helena foi obrigada a retornar à cama sob a ação de uma vertigem; pontos luminosos piscavam à sua frente, enquanto seu espírito novamente tomava posse de seu corpo.

O sono era lancinante e sentia um gosto amargo. Seu corpo parecia não querer obedecer-lhe os comandos mentais. Sentia-se pesada e até seu pensamento estava lento. Durante cinco minutos ainda ficou deitada, abrindo e fechando os olhos para se acostumar à claridade, buscando forças para se levantar em definitivo, enquanto fazia um exercício que se acostumara a realizar toda vez que acordava de um sonho: tentar fixar as parcas lembranças que ainda restavam, processando mentalmente o que acontecera no mundo onírico.

Recordou de imediato o sonho, viu a si mesma rindo, se divertindo, correndo, ainda criança, por um gramado florido, em companhia de uma antiga amiga de infância. Não pôde localizar exatamente em que momento do passado a cena acontecera, mas, em sua infância, frequentemente, seus pais a levavam para passear em parques e clubes. Assim aprendera a nadar, a andar de bicicleta e a soltar pipa.

Por um instante, um profundo sentimento de nostalgia abateu-se sobre Helena. Sua infância deixara boas recordações, de uma época de muita alegria e de grande inocência, onde tudo parecia lindo e perfeito. "Como estariam minhas antigas amigas?", perguntou a si mesma, resgatando mentalmente que sabia o paradeiro de pouquíssimas das inúmeras amizades que fez na infância. A bem da verdade, Helena teve — e ainda tinha — tantas amizades que era difícil trazer todas à mente. Afastando de sua tela mental as imagens do sonho, pensou: "A vida muda, com 30 anos não sou mais criança, nem mais tão inocente", e usando de força de vontade extra, esforçou-se para levantar-se, vagarosamente. Quando seus pés tocaram o tapete felpudo, a jovem sentiu dor.

A suíte onde Helena dormia representava bem o ambiente de uma jovem recém-saída das duas primeiras décadas de vida. Ampla, com um papel de parede repleto de grafismos modernos. Além da cama, havia uma pequena mesa com um *notebook* e uma grande TV na parede. O guarda-roupa ocupava toda a parede ao lado da porta. O banheiro era espaçoso, com um grande espelho e um lavabo de mármore repleto de perfumes e produtos de beleza.

Com um andar claudicante, Helena foi lentamente até o espelho e viu o quanto estava abatida. Profundas olheiras destacavam-se em seu rosto alvo, marcado pelas dobras da fronha do travesseiro e do edredom, no qual se enrolara ao deitar.

Após tomar um banho revigorante, como ela mesma costumava dizer, vestiu uma blusa leve, *shorts* surrados e foi até a janela. Os olhos ainda estavam sensíveis à luz, quando abriu as persianas e viu que o sol já ia alto. O dia estava lindo, com um céu muito azul, pontuado por pequenas e esparsas nuvens.

Do alto do 13º andar, a cidade parecia minúscula e calma. A vista para o parque trouxe-lhe um pouco de paz, ao ver as árvores, o lago e as pequeninas pessoas que faziam sua corrida matinal.

Desligou o ar-condicionado, abriu a janela e deixou o ar fresco entrar. Respirando profundamente, lembrou-se do sonho e da brisa, que lhe soprava os cabelos. Por fim, resolveu sair do quarto. Foi caminhando pé ante pé pelo longo corredor do apartamento que dividia com a mãe. Chegou à cozinha, onde a encontrou preparando um café forte. O cheiro exalava por todos os cômodos. Ao entrar, viu que, na parede, o relógio marcava 8h30.

— Bom dia! Achei que não acordaria hoje, pela hora que chegou ontem... — disse Marília, quando viu a silhueta alta e esguia da filha apontar pelo umbral da porta, sabendo que o tom irônico a incomodaria. — Na verdade, olhando bem, pelo estado em que se encontra, parece até que acabou de chegar e não dormiu ainda, tamanho o abatimento que vejo em seu rosto. Mudando de assunto, não tinha academia hoje?

Sentindo-se sobrecarregada pela conversa da mãe, Helena foi processando os assuntos paulatinamente.

— Bom dia... — disse ignorando a provocação da mãe e buscando ânimo, pois sabia que a mãe estava incomodada com o horário que havia chegado à noite anterior.

— Academia é só amanhã... E, por acaso, como pode saber a hora em que cheguei? Você estava dormindo quando fui para meu quarto, fiz questão de conferir. Por Deus, esse cheiro de café acordaria qualquer defunto!

— Então é para você mesma, já que está parecendo um zumbi sentado à minha frente... — retrucou a mãe, demonstrando uma falsa calma.

Mesmo assim, Marília sorriu, servindo uma xícara à filha que, enlaçou seu pescoço e beijou-lhe o rosto em sinal de paz, não queria cultivar rusgas com a matrona, muito menos ouvir reprimendas de sua parte.

Pigarreando, a senhora mudou de assunto, enquanto reunia a louça na pia:

— Não quero parecer antipática, mas estou preocupada. Não com você, claro, pois creio que seja adulta o suficiente para cuidar de si, mas com nosso negócio. Olhe o relógio. Acredito que tenha apenas meia hora para tomar café, se arrumar, entrar no carro, dirigir até o shopping e abrir a loja às 10 horas — disse a mãe com ironia.

— Que exagero "dona" Marília! Mas... Um instante... Por que não você vai comigo hoje dar uma mãozinha? Por mais que não acredite nisso, você faz muita falta na loja, e hoje mais do que nunca...

— Muito esperto de sua parte, Helena, querer angariar meu auxílio logo cedo. Mas hoje não vou poder.... Com certeza se esqueceu de que irei visitar um importador de sapatos agora cedo. Você mesma o indicou.

— Aff... Que cabeça a minha. Será que estou sofrendo de amnésia alcóolica? — disse Helena debruçando-se sobre a mesa e espalhando os longos cabelos pretos. — E o pior de tudo é que saí da loja correndo ontem à noite. Além de tudo que você pontuou na sua "listinha", tenho que acrescentar a limpeza da loja e a arrumação das pilhas de roupas, que estão jogadas por toda parte. Preciso correr!

E assim repetia-se mais um início de dia para mãe e filha.

Marília era viúva e dona de uma loja de roupas, calçados e acessórios em um grande shopping da cidade. Era magra e alta, com cabelos tingidos de preto, que gostava, pois contrastavam com sua pele branca. E, apesar de já ter uma filha adulta, mal havia passado dos 50 anos.

A filha única era seu braço direito em tudo na vida. Helena era muito bonita e elegante, além de extremamente responsável com as questões comerciais. A jovem de 30 anos, formada em administração de empresas, fazia jus à profissão escolhida. Honesta, porém, ambiciosa; gentil, porém, firme; realista, porém, sonhadora; amorosa, porém, maliciosa; inteligente, porém, sensível; alegre, porém, nostálgica. Esse seria

13

um retrato mais ou menos fiel de nossa protagonista. Acrescente a essa já bem temperada personalidade uma enorme sede de viver, de experimentar novidades, conhecer o mundo e, principalmente, as pessoas que nele vivem.

Mãe e filha davam-se muito bem, não havia entre elas competição ou intrigas acentuadas. Mesmo viúva há alguns anos, Marília nunca se interessou por outro homem. E Helena, solteira convicta, nunca entregara seu coração a ninguém. Tinham apenas uma à outra.

Despedindo-se da filha com um beijo no rosto, Marília saiu da cozinha sem pressa.

Capítulo 2
ROTINA

— Uau, que cansaço! Mal consigo pensar direito — pensava alto Helena ao retornar ao seu quarto em meio a uma profusão de roupas, enquanto procurava alucinadamente algo elegante para vestir, jogando todo o conteúdo de seu guarda-roupa no chão do cômodo.

Mesmo com os pés — e a cabeça — latejando de dor, selecionou rapidamente o figurino do dia, pensando satisfeita sobre o quanto era bom "naturalmente ser alta e magra", o que, do seu ponto de vista, tornavam suas escolhas mais fáceis. Decidiu-se por uma saia, uma blusa e um *blazer*, vestiu-se rapidamente e enfiou nos pés sapatos de salto agulha.

A dor que veio em seguida subiu pela panturrilha até a parte posterior da coxa. Só então notou o quanto seus pés estavam inchados e doloridos. Arrependida, lembrou-se rapidamente da noite anterior e do quanto dançara, porém, sob o efeito anestésico do álcool nem percebera o quanto exagerara em todos os aspectos.

Mudando de ideia, lançou-se novamente ao monte de roupas, que se esparramou pelo cômodo, e recombinou mentalmente as peças que usaria. Separou um macacão leve e um par de confortáveis tênis brancos.

"Básico, porém, elegante, esse será o *look* de hoje!", pensou vaidosa.

Escolheu a maquiagem e, quando estava diante do espelho, viu que as olheiras levemente arroxeadas continuavam lá, destacando-se sob seus olhos verdes. Após um *make-up* reforçado, a moça eliminou qualquer vestígio dos abusos da noite anterior.

Helen borrifou sobre o colo grandes doses de perfume e deu uma última olhada no espelho, aprovou-se mentalmente e pôs-se, finalmente, a caminho da loja. O tempo urgia. Desceu os treze andares batendo o pé no assoalho do elevador, ansiosa. Entrou no carro, pôs os óculos escuros, ligou o som alto e, saindo com o automóvel da garagem do prédio, dirigiu pisando fundo, repassando mentalmente os compromissos mais urgentes.

Torcia para que Suzy, a principal vendedora da loja, já estivesse lá quando ela chegasse.

Sua sorte era que o destino ficava próximo. Fora do horário de *rush*, após vinte minutos no trânsito, Helena estacionou o carro em sua vaga reservada dentro do shopping e, após atravessar apressada o estacionamento, a pé, finalmente chegou ao saguão repleto de lojas. Naquele momento, Helena respirou fundo.

Para ela, era como um ritual. Sentiu o perfume do ambiente, que adorava, e reabasteceu-se de novo ânimo. Seu espírito passou a vibrar em uma sintonia diferente. O local imponente, o luxo, a beleza encantavam seus olhos e alimentavam sua vaidade, sua autoestima. Adorava tudo aquilo, as lojas e, principalmente, as pessoas. Belas, bem vestidas, perfumadas, elas logo estariam perambulando com sacolas de um lado a outro, enchendo aquele ambiente de vida, cor, som e movimento. Aquele lugar lhe trazia intensas sensações.

Caminhando até a escada rolante, Helena subiu um andar. Quase correndo, a moça contornou o corredor principal e, com os sentidos inebriados, chegou à loja, um pouco mais atrasada do que esperava. Ela parou em frente à porta admirando a beleza da fachada e da vitrine, olhando ao redor, como sempre fazia. Uma agradável música ambiente tocava no local. Suzy, sua principal vendedora, já a aguardava, sentada em uma das poltronas do largo corredor. Quando a viu, a moça sentiu tremendo alívio, estampando um sorriso de orelha a orelha.

— Su! Bom dia! Que bom que está aqui, estou enrolada até o pescoço, olha a hora que cheguei! — disse abraçando a moça. — Cheguei muito tarde ontem e ainda não me recuperei. Insisti para que minha mãe viesse nos auxiliar, mas me esqueci de que tinha uma reunião logo cedo. Estamos prospectando mais um importador.

Suzy tinha uma beleza exótica. Era negra e tinha uma característica incomum: tinha olhos puxados, o que dava ao contorno de seu rosto um toque oriental. Usava um penteado afro que Helena achava totalmente *fashion*.

— É assim mesmo, amiga, eu também acabei de chegar. Demorei horas para dar um trato neste cabelo — disse simpática, apalpando os cachos armados e bem-feitos.

— Ora, então compensou, está lindo! — elogiou Helena.

— Pelo visto, precisará de forças extras no dia de hoje, Helena. Mas, se contar como consolo, lembre-se de que durante a manhã temos pouquíssimo movimento, talvez nenhum cliente passe por aqui.

Apesar de parecer incomum à primeira vista, a despeito de Helena ser a chefe, as duas conservavam certa amizade. Suzy, funcionária leal e de longa data, era muito valorizada pelas duas empresárias, não só na loja como também na vida pessoal, e sentiam-se muito privilegiadas por ter uma colaboradora tão fiel. Talvez tivesse um dos melhores salários e comissões dentre todas as vendedoras e fazia jus à confiança e ao investimento. Na falta das duas, gerenciava a loja sem embaraços.

As moças destrancaram as portas de vidro e, rapidamente, entraram e foram ajeitando a mixórdia do dia anterior. Logo as outras meninas chegaram e, enquanto varriam e limpavam tudo, Helena foi organizar as roupas deixadas pelos clientes que, esparramadas pelas bancadas, pareciam terem sido vítimas de um vendaval.

Mesmo aflita, envolvida como estava com a recolocação das roupas nos lugares certos, Helena encontrou uma brecha para contar à amiga os detalhes picantes de sua saída na noite anterior, que a tudo ouvia, curiosíssima. Por fim, quando terminaram a organização, o relógio já mostrava 11 horas.

17

Capítulo 3
FÉ

Marília era uma mulher forte, essa era uma de suas características mais marcantes. Sábia e equilibrada, sempre pensava antes de agir e, era comum em um diálogo vê-la levar a mão ao queixo e olhar para baixo, reflexiva.

No caminho para a reunião com o possível novo importador, com quem negociava um contrato, Marília foi refletindo sobre vários assuntos. Gostava de pensar, sobretudo, dentro do carro, em longos trajetos. Abaixando o volume do som, deixou os pensamentos e as preocupações emergirem e, mentalmente, tratou-os, um a um.

Por ter certo conhecimento espiritual — apesar de estar um pouco afastada de qualquer atividade religiosa — a empresária sabia que, muitas vezes, os pensamentos dos nossos amigos espirituais podiam se misturar aos nossos. Fora um dos mais marcantes ensinamentos que guardou de sua época de estudante da doutrina dos espíritos. Sabia também que, por sermos invigilantes, pensamentos intrusos e perniciosos, igualmente, poderiam se infiltrar em nossa mente.

Como, ao acordar, havia feito uma prece rogando orientação para o seu dia e, principalmente, para lidar com a filha, imaginou que os pensamentos que lhe ferviam a mente poderiam ser algum tipo de orientação vinda do Mundo Maior e, como gostava de refletir enquanto dirigia, deixou fluir as ideias: "Helena, de novo, chegou de madrugada de mais uma noitada. Aliás, preciso acessar a fatura do cartão de Helena para ver onde anda indo. Será que está namorando?".

E, mentalmente, foi listando o que acreditava ser necessário observar com relação às atitudes da filha, mas sem julgamentos morais, pois sabia que Helena era extremamente responsável nas questões profissionais e administrava a loja com muito carinho. Ela era a "luz" do negócio e possuía, além de uma inteligência perspicaz, um magnetismo pessoal que encantava todos os clientes. Muito bem vestida e gentil, cultivava sempre um belo sorriso no rosto, sem aquela falsidade embutida muito comum aos vendedores e, realmente, preocupava-se com os clientes e se estavam fazendo uma boa escolha.

"Helena já está com 30 anos. Quando será que vai sossegar? Anda saindo demais com aquelas amigas beberronas dela. E o pior é que não gosta que eu faça apontamentos sobre isso. Como contornar esse eterno impasse?", a senhora continuava suas indagações mentais.

Marília mantinha-se atenta. Sempre que tinha uma oportunidade, averiguava os pertences da filha. Bolsa, gavetas, roupas, tudo era fiscalizado constantemente. Para si mesma dizia que não era desconfiança, mas um instinto de proteção. Não sabia ao certo se Helena tinha conhecimento ou não desse hábito, mas, de qualquer forma, cada busca que dera até o presente momento havia-lhe propiciado especial alívio, pois nunca encontrara nada ilícito.

Chegando a seu destino, um centro comercial em uma zona nobre da cidade, localizou o escritório e apresentou-se na recepção.

Encaminhada a uma bela sala de espera, enquanto aguardava ser atendida pelo importador, que estava em uma ligação, Marília retirou o *smartphone* da bolsa, aproveitando para dar uma olhada nas redes sociais da filha. Viu um *post* com uma foto da noite anterior de Helena com as amigas num local escuro com luzes coloridas, atrás de uma mesa repleta de *drinks*. Era uma balada, como a filha gostava de dizer.

Marília suspirou com uma angústia íntima. "Quando ela irá superar esta fase, que deveria ser passageira? Daqui a

19

algum tempo colherá os efeitos dos excessos; virão as olheiras profundas, as rugas e o corpo esbelto, facilmente talhado em sessões regulares de ginástica, não será mais o mesmo. E a saúde, como ficará? A indisciplina nos cobra altos montantes! Se ao menos Helena engatasse um romance, enquanto ainda está jovem, talvez direcionasse melhor suas energias com alguém para lhe domar os ímpetos".

Sabia que, apesar de ser responsável com os negócios, a filha precisava de um porto seguro na vida amorosa. "Se acontecer algo comigo, será que Helena teria equilíbrio para seguir com sua vida?", perguntava-se a mãe.

Seus pensamentos foram interrompidos. Fora chamada para a reunião.

Capítulo 4
SOMBRAS

Um mundo invisível nos cerca. O universo espiritual, muito maior e mais rico do que o conhecido pela maioria dos seres humanos, um universo repleto de vida, de energia e de pensamentos.

Imersos nesta dimensão material, muitas vezes, ignoramos o quanto influenciamos e somos influenciados pelas inteligências desencarnadas que nos cercam. Alguns amigos, outros nem tantos, aqueles que um dia viveram na Terra como homens e mulheres, continuam vivos e, muitas vezes, nos acompanhando passo a passo.

Olhos vívidos observavam cada movimento de Helena. Acompanhavam seus passos e seus pensamentos. A jovem não podia vê-los, não era capaz, pois não eram olhos materiais. Sentia-os, mas ignorava que tais sensações impulsivas eram quase totalmente intrusas. E, imersa em reflexões, a jovem também não percebia os pensamentos externos que lhe chegavam à mente na forma de imagens, planos que lhe "pululavam" na tela mental, invadindo sua intimidade. Mentalmente muito ativa, como a maioria das pessoas, achava que, como realizava muitas atividades e tinha muitos compromissos, era normal pensar em muitas coisas ao mesmo tempo, desordenadamente.

Quando o movimento nos corredores do shopping começou, a loja estava impecável. "Pronta para receber a rainha da Inglaterra", como a própria Helena gostava de dizer. O interior estava limpo e perfumado; a vitrine estava arrumada com as novidades; as roupas jaziam penduradas nos cabides; os sapatos em exposição nos nichos, e os acessórios nas prateleiras.

Helena sentiu uma pressão na região abdominal, entre as costelas, que julgava ser fruto da emoção da expectativa de mais um dia de trabalho que se iniciava, de novos negócios, de oportunidades, de prosperidade e, quem sabe, de conhecer pessoas interessantes...

Nas sombras, entidades nem um pouco benfazejas enraizavam-se emocionalmente à jovem empresária, compartilhando com ela esperanças muito similares. Fortaleciam-se, encarnada e desencarnados, em um mútuo conluio de interesses e de sensações.

Quando a primeira cliente entrou, Helena abriu um sorriso e recebeu-a com a elegância e a gentileza ímpares de costume. No restante da manhã, no entanto, nenhum outro cliente entrou. Notou que algumas pessoas pararam em frente à vitrine conferindo os modelos expostos e os preços, mas não se interessaram a ponto de entrar. Uma adolescente procurou-a para entregar um currículo. Helena aproveitou o tempo para adiantar o fluxo de caixa da semana, enquanto Suzy organizava algumas peças fora de lugar no estoque.

No entanto, após às 11 horas, as visitas à loja aumentaram exponencialmente. Um cliente conhecido entrou, e Helena recordou-se dele de imediato. A jovem recebeu-o afetuosamente e flertaram por alguns minutos, conversando, rindo e trocando intimidades. Adorava o jogo da sedução, alimentava-se disso, e a reciprocidade que muitos despendiam incentivava-a imensamente.

"O ser humano é carente por natureza", pensava, intimamente divertindo-se.

Suzy, que sempre a observava, às vezes, reprovava a chefe em tom de brincadeira.

— Helena, Helena...Você não perde uma oportunidade não é? — comentava rindo irônica.

— Ah, "caiu na rede é peixe", não é o que dizem vulgarmente, minha amiga? — respondia a empresária, dando de ombros. — O mundo está recheado de pessoas interessantes, mal me aguento!

E ria das próprias observações maliciosas, sem ouvir as risadas doentias das entidades sombrias que a acompanhavam.

— Cuidado, amiga. Não tem medo de algum dia ser interpelada por uma esposa enciumada ou até pior, sofrer nas mãos de algum desequilibrado, desses gentis à primeira vista, mas um psicopata na intimidade?

— Minha intenção é sempre a melhor possível, não tenho a pretensão de destruir casamentos, nem lanço falsas esperanças aos quatro ventos. Todos nós queremos a mesma coisa, Suzy, diversão.

Suzy, então, mesmo calada, balançava a cabeça em reprovação às atitudes da amiga inconsequente, intimamente temendo pelo resultado de seus atos.

Um dos passatempos prediletos de Helena era fantasiar a vida que seus clientes levavam. Adorava olhá-los, conversar com cada um. Observava-os, atenta aos detalhes das roupas, dos acessórios, do perfume...

Às vezes, os via passeando pelo shopping, muitos almoçavam por lá. Se se interessasse por algum, aproveitava para puxar conversa, trocar telefones e, não raro, marcava alguns encontros. Inclusive com algumas mulheres.

Helena se esbaldava no shopping, sentia-se livre, poderosa. Adorava trabalhar lá. Fazia de seu local de trabalho um passaporte para a diversão. No entanto, muitas noites, em casa, quando ia para a cama, seus pensamentos conflitavam com as atitudes libertinas que tinha, parecendo mudar quanto a isso. Refletia calmamente dizendo para si mesma: "preciso me endireitar, me apaixonar de verdade por alguém digno, casar, talvez ter filhos... Minha mãe não é nenhuma garotinha, em breve, não vai poder cuidar da loja como faz hoje...". Porém, no dia seguinte, após o toque do despertador, a rotina recomeçava e, bastava pisar no shopping para seus pensamentos anuviarem-se novamente e aquele universo de *glamour* voltar a hipnotizá-la.

Quando ia embora do shopping, geralmente à noite, muitas vezes deixando as chaves com Suzy, não raro um programa diferente a aguardava, se não com amigas, com alguém para suprir a carência afetiva.

Como não era de se estranhar, sempre que se perdia pelas madrugadas viciosas, acordava no dia seguinte cansada, exausta. Sonhava muito e não raro acordava com uma sensação de culpa, sem motivo, que logo passava assim que se arrumava para trabalhar.

Capítulo 5
LUZES

Após a reunião, Marília foi diretamente para o shopping. Quando a viu entrando na loja, Helena literalmente pulou em seu pescoço ansiosa pelo resultado da reunião da qual a mãe participara momentos antes.

— Vai, mãe, me conta, deu certo? Fechou o grande negócio de nossas vidas? — perguntou confiante.

— Claro que sim! Não poderia perder essa chance, além do que, estamos em um período econômico de grande oferta, entre parceiros e fornecedores. Seria muito natural aproveitarmos as portas que se abrem.

— *Yes*! — comemorou a filha. — Eu sabia que ia dar certo! Isso quer dizer que muitas coisas boas vêm por aí. Suzy, prepare-se, em breve iremos revender sapatos de grifes internacionais! — Helena disse abrindo os braços e girando em volta de si. Parecia uma garotinha.

A vendedora riu.

— Como você aguenta ficar o dia todo com ela? — perguntou Marília a Suzy, brincando com a empolgação da filha.

— A comissão é boa, só por isso aguento — respondeu a vendedora, cômica, piscando um olho.

— Não sejam invejosas! A vida que corre por estas veias seria capaz de animar dez Helenas como eu! — respondeu a moça galhofeira.

Mãe e filha aproveitaram para almoçar juntas, enquanto Suzy e as outras garotas cuidavam da loja.

Marília passou a tarde com a filha. Com 51 anos, tinha muito fôlego para o trabalho e, além disso, adorava a companhia de Helena. A filha era muito intensa e sua personalidade parecia ter mil facetas, o que, muitas vezes, a preocupava, tamanha sua inconstância. Ora apresentava-se séria, outras vezes *sexy* e provocante, de repente, irritada, muitas vezes, alegre, passando da timidez à melancolia com uma facilidade impressionante. Eram as "Helenas" como ela mesma gostava de dizer e, aparentemente, só Marília parecia notar que, quando a garota passava as mãos pelos cabelos fechando os olhos, era sinal de que seu temperamento mudaria, como uma espécie discreta de "tique nervoso" que a garota tinha. Já se acostumara com os trejeitos da filha.

Ao se prepararem para fechar a loja, Marília viu que Helena havia se maquiado e penteado. Estava linda, radiante. Admirou o porte elegante da filha, uma verdadeira dama. Calmamente passou por ela e, tocando-lhe o braço, perguntou discretamente ao ouvido:

— Posso saber aonde minha filha pensa que vai, assim, toda arrumada, pronta a arrebatar os corações dos jovens desavisados dessa cidade? — perguntou Marília, em tom bem humorado, mas ardendo de preocupação por dentro, olhando a filha de cima a baixo.

— Sim, estou com fome devido ao avanço das horas e vou sair para comer alguma coisa com uma pessoa muito especial — respondeu séria a jovem.

— Ah, é? E posso saber quem é essa pessoa que terá o privilégio de sua companhia? Como gostaria de conhecer as pessoas com quem você anda, namora e divide as confidências juvenis!

— Sim, mamãe, claro que pode saber: é você! — Helena disse arregalando os olhos e abrindo um sorriso. E, rindo, mãe e filha abraçaram-se.

Juntas, desceram até o estacionamento, onde cada uma entrou em seu carro, marcando onde se reencontrariam em alguns minutos. Era uma lanchonete próxima. Chegando ao local, encontraram uma mesa ao lado de janelas largas, de onde podiam acompanhar o movimento da rua. Mãe e filha pediram bebidas energéticas, enquanto decidiam o que comer, folheando o cardápio.

— Estou tão cansada, mãe. Torci para que o dia acabasse logo. Acordei com tanta dor nos pés. Esse *look* de hoje não foi à toa — disse Helena, erguendo os pés para a mãe ver os tênis que usava. — Acredito que, entre beleza e conforto, conforto estará sempre em primeiro lugar, por mais que a moda dite o contrário.

— Cansada? Ora, nem deveria dizer uma coisa dessas, afinal, você não dorme, filha. Há ocasiões em que emenda uma noite após a outra. É possuidora de uma energia invejável, no entanto, precisa descansar, senão não há organismo que aguente. Está com apenas 30 anos, mas não queira chegar aos 40 com rugas de 60. Olhe essas olheiras, daqui a pouco não arruma mais nenhum partido.

— Ah, ainda estou nova, mãe, preciso a-p-r-o-v-e-i-t-a-r!

— Tudo bem, entendo que, estando solteira e não tendo filhos para cuidar, você disponha de certa liberdade para ir e vir. Já que pensa assim, melhor aproveitar agora que se casar e arrepender-se. Dos males o menor, mas, faço uma observação grave: "aproveitar" não é sinônimo de se embriagar, dançar até calejar os pés ou se lançar nos braços de um rapaz diferente por dia, perdendo a própria dignidade. A vida é muito mais rica do que isso e nos reserva muitas coisas boas. Se quer um conselho, invista mais em construções sólidas que em efemeridades, não perca seu tempo, aproveite mais suas horas disponíveis!

— Tudo bem, mas casamento é um plano muito distante da minha realidade. Um homem apenas com quem dividir os prazeres e as decepções da vida? Nunca passou semelhante propósito por minha mente! — exclamou dando de ombros e passando a mão pelos cabelos, enquanto desviava o olhar para a rua.

Marília, vendo que o assunto contrariava a filha e talvez debandasse para a galhofa, serenou o semblante e sorriu, segurando a mão da jovem. Tolerar o temperamento irônico e instável da garota era sempre uma prova de paciência, embora soubesse que a filha não tinha a intenção de ofendê-la.

— Filha, sabe o que eu quero mesmo? Do fundo do coração? — disse olhando-a nos olhos. — Que você seja feliz! Não quero me intrometer na sua vida pessoal, apenas me preocupo com você, com sua saúde física e espiritual.

Serenando o semblante, a personalidade intempestiva e atrevida de Helena deu lugar à outra, extremamente carinhosa e quase infantil.

— Ah, que gracinha, mãe! Amei! — E pulou no colo da mãe, abraçando-a e beijando-lhe a face. Quase caíram no chão.

— Você é "maluquinha", não é?

E riram da observação de Marília.

Chamaram o garçom e pediram sanduíches e mais bebidas energéticas.

— Desse jeito não dormiremos hoje — disse Marília.

— Ah, dormir... — disse a jovem, olhando para o vazio e passando a mão nos cabelos. — Vou ter muito tempo para dormir no futuro, hoje não — sentenciou Helena, dando um gole na bebida, serenando a fronte e alterando novamente o temperamento.

Parecia melancólica e fez uma pausa, observando o movimento dos carros. Marília a observava com olhos de lince: "Essas mudanças de temperamento me assustam, será possível serem influências espirituais?", pensou.

— Acho você tão engraçada. Ora irônica, alegre, ora assim, como está agora, melancólica. Quantas Helenas cabem aí dentro?

— Quantas forem necessárias, mãe... Quantas forem necessárias... Sabe por que me estranha? Porque sou autêntica e a maioria das pessoas não é. Sou a pessoa mais transparente que conheço.

— Autêntica ou instável, como aqueles dias de verão, que amanhecem ensolarados e de um azul irresistível, e terminam em violentas tempestades e madrugadas abafadas?

Helena olhou a mãe e abriu a boca para dizer algo, mas desistiu, apenas mostrou a língua, arregalando os olhos, como faria uma criança contrariada, o que fez Marília rir discretamente, pois sabia que tinha tocado em um ponto importante do temperamento da filha.

— Mãe, falando em dormir, acabei de lembrar que tive um sonho a noite passada. Me vi correndo em um campo florido com uma colega da infância. Eu me via correndo e ria de alegria. O que será que significa?

— Ora, minha filha, são muitas as interpretações, o espiritismo trata muito disso. Existe aquele sonho que chamamos de fisiológico: se estiver passando frio, à noite, poderá sonhar que está na neve, por exemplo. E existe o sonho que é uma retomada do que a preocupou durante o dia, daí seu cérebro repassa os acontecimentos durante o sono. E existe o desdobramento, em que seu espírito sai de seu corpo físico e anda por aí, às vezes, encontrando outros espíritos. Podemos até encontrar amigos espirituais que nos mostram coisas e recordamos um pouco, pois o que nosso espírito registrou não passou pelo cérebro, daí essas lembranças confusas.

— Nesse caso, será desdobramento? Meu espírito estaria por aí, vivendo experiências que correm em paralelo à minha existência em estado de vigília e da qual talvez nunca me recorde?

— Pode ser. Por que não? A infância é uma fase muito bonita da vida humana, onde somos puros e mantemos amizades puras. Talvez algum amigo espiritual esteja lhe mostrando algo que você precise resgatar. Eu interpreto seu sonho dessa maneira, acho que tem tudo a ver. E você? — perguntou Marília, sentindo-se especialmente inspirada pelas explicações que dava à confusa filha.

— Parece bom para mim. Não tenho conhecimento suficiente para contrapor essas informações.

Após o lanche, retornaram para o lar, fadigadas. Durante o trajeto, Helena mudou de humor mais uma vez, após sintonizar uma rádio e encontrar *Girls just want to have fun* tocando. Aumentou o volume do carro de modo quase insuportável e dirigiu até em casa cantando em voz alta e balançando-se ao ritmo de Cyndi Lauper.

***

Após chegar em casa, Marília, quando preparava-se para dormir e sentindo-se particularmente feliz, fez uma oração repleta de sentimento.

— Senhor, meu Deus, muito obrigada pelo dia e pela noite que tive ao lado da minha filha. Obrigada por esse dia de tranquilidade e pela paz que sempre há em meu lar, pela saúde que temos e, obrigada, Senhor, pelas oportunidades que nos concede de podermos trabalhar honestamente, conseguindo nosso sustento, enquanto tantos têm fome.

"Auxilia-nos, Senhor, a melhorar sempre. Nos ilumine os pensamentos, para que sempre possamos refletir sobre nossos atos. Nos auxilie a errar menos e a acertar mais, buscando os melhores caminhos.

"Proteja-nos, Senhor, de nossa ignorância, para que não aflijamos nem a nós mesmos nem ao nosso próximo. Dê-me sabedoria para lidar com Helena, que tanto tem me preocupado. Dê a ela sabedoria também, para ponderar suas atitudes, e proteja-a, Senhor. Auxilia também aqueles que sofrem, ameniza a dores do mundo, Senhor! Muito obrigada por tudo! Que assim seja!"

Após a singela oração, lembrou-se da noite anterior, quando, preocupada com a saída da garota, havia rogado que Deus a iluminasse. Que colocasse juízo em sua cabeça, para que não desperdiçasse sua juventude.

A prece de Marília, apesar de singela, fora impulsionada por um amor imenso. Sentia que passava da hora de a filha mudar os maus hábitos por outros mais saudáveis.

Antes de deitar-se, Helena foi até a mãe e deu-lhe um beijo na testa, então, novamente, lembrou-se do sonho que teve. E sorrindo despediu-se da mãe, indo para seu quarto. Exausta, Helena, mesmo tendo os pés ainda doloridos, caiu na cama como uma pedra.

Rapidamente mergulhada em um profundo sono, a jovem mostrou-se muito propícia a desprender-se do corpo físico. Após algumas horas, uma safírica luz passou a iluminar o quarto da jovem. Silhuetas iluminadas movimentavam-se ao redor da cama de Helena. Alguns amigos que habitam o mundo espiritual vieram ao seu encontro. Um deles era o assistente Áulus, amigo de várias existências; Jonas, o orientador do grupo e conhecido de longa data, que auxiliara a moça e os pais dela no processo reencarnatório e acompanhava de perto seu desempenho nessa existência; e outra assistente, Vanessa, amiga da última encarnação.

Ao adentrarem o recinto, logo perceberam o clima de paz que ali se instaurara.

— Nossa irmã dorme profundamente. Hoje está em paz — disse Vanessa. — Como é bela assim! Sua pele alva parece refletir a luz da lua.

— Este é um lar cristão, Vanessa. Marília, disciplinada e consciente, realiza o Evangelho no Lar semanalmente e, mesmo sem o concurso da filha, mantém uma frequência exemplar. De qualquer forma, Helena, apesar dos desatinos, mantém fora do lar seus vícios e seus romances enfermiços. Ela tem respeito por esse ambiente, um respeito inconsciente, que não deseja macular com seu hedonismo e suas intemperanças. No fundo, ela sabe que tem buscado prazeres, que, além de insaciáveis, lhe prejudicam imensamente o físico e o espiritual — explicou Áulus.

— Meus irmãos, por favor, não façamos julgamentos morais — disse o orientador Jonas, imperativo. — Não é nosso papel. Marília sente que a filha precisa de auxílio, agora mais do que que nunca, por isso, estamos aqui, buscando atender suas preces de amor enquanto ainda há tempo. Para nós e para elas o tempo urge, colimando a época de transformação na vida de todos. Nossos destinos estão todos atrelados e, ao auxiliar mãe e filha, nos auxiliamos também.

Sei que tem expectativas quanto ao progresso de Helena, mas abranda o coração, Áulus. Somos todos enfermos, e a matéria oblitera os sentidos. Todos nós já agimos como ela e quem garante que não agiríamos assim novamente se estivéssemos em seu lugar? Helena é jovem e cheia de vida, e não somos seus juízes. Marília é nossa amiga de longa data, tendo contribuído muito com nossos serviços de atendimento, quando esteve conosco na erraticidade, antes da atual encarnação, e sua prece hoje nos deixou comovidos, tamanho o sentimento que impulsionou sua rogativa. Ela, mais do que todos nós, sabe dos desafios que a espera, e, mesmo inconsciente de seu programa reencarnatório, sente que se aproxima a expiação pelos males que causou.

Os assistentes ouviram Jonas em silêncio. Entendendo que deveria aprender a serenar o coração antes de fazer qualquer observação, Áulus colocou-se a postos, aguardando as instruções do orientador, que continuou as explanações.

— A noite passada, como se lembram, atendendo às preces de Marília, mostramos a Helena uma cena de seu passado. Uma lembrança de infância que a mãe dela soube interpretar muito bem e auxiliou a filha a entender. Hoje, aparentemente, Helena está mais serena e reflexiva. Creio que nosso método poderá gerar excelentes frutos a médio prazo.

No entanto, Áulus mostrava-se inquieto:

— Helena é teimosa, Jonas. Há pouco manifestou vários temperamentos distintos, frutos das influências perniciosas que a cercam. Percebe e interage com inteligências invisíveis através de uma mediunidade impressionante. No entanto, está completamente dominada por forças que não compreende. Ao chegar em casa, mostrou-se dócil e obediente, mas e amanhã? Logo será procurada pelas amigas, por um namorado qualquer ou mesmo sentirá vontade de se embrenhar pelas madrugadas novamente, em busca de ilusões, influenciada por companhias espirituais que lhe instigam o que há de pior.

— Sua falta de fé me preocupa, Áulus. Helena é detentora de seu próprio livre-arbítrio e tem o direito divino de dispor do próprio destino, sob a égide da lei de causa e efeito. Não estamos aqui para forçá-la a fazer o que julgamos melhor. Queremos apenas despertá-la para os compromissos assumidos e, que, infelizmente, o materialismo a afasta. Vamos orar e deixemos Helena descansar. Ainda temos muitas outras questões a resolver. Precisamos acertar o quanto antes o reencontro de Helena com aquele que será seu companheiro desta vida, antes que a situação torne-se grave. O tempo urge.

Capítulo 6
HISTÓRIA

Marília professava a fé espírita desde jovem. Quando se casou, o marido, que a amava profundamente, conservava uma aceitação das questões espirituais, e juntos seguiram na doutrina dos espíritos. Frequentavam semanalmente as reuniões públicas, realizavam o Evangelho no Lar, faziam os cursos na casa em que frequentavam e colocaram Helena na evangelização.

A vida de Marília, Helena e Sérgio, que era rica em saúde, alegria e paz, tornou-se também rica em oportunidades. Sérgio, que era representante comercial, viu a chance de montar seu próprio negócio em um grande shopping da cidade em que viviam. Foi a oportunidade certa na hora certa, já que havia recebido um generosa indenização de uma empresa em que trabalhara muitos anos.

Após uma breve análise do negócio que empreenderiam, embarcaram no ramo varejista da moda. A loja precisou do empenho de todos em seus primeiros meses de funcionamento. Helena já era uma adolescente e muito auxiliou a família. Estudou computação e aprendeu a organizar os itens a serem expostos. Logo, acostumou-se ao ambiente e à rotina dos negócios. É importante aos jovens não só a disciplina do estudo mas também a do trabalho, sobretudo, se puderem conciliar as duas atividades de maneira saudável.

Mas, se a partir daí a vida financeira deles tornou-se muito bem resolvida, a vida espiritual nem tanto.

A rotina de trabalho exigia a presença de todos tarde da noite. Portanto, Marília, Sérgio e Helena decidiram tirar férias da casa espírita, que acreditaram ser por pouco tempo, até o negócio deslanchar e contratarem mais funcionários. Helena deixou de frequentar as aulas de evangelização, alegando cansaço.

Na época em que a família considerou que o negócio havia deslanchado, Sérgio, com seus 45 anos, passou a sentir cansaço ao realizar pequenas atividades. Logo vieram as dores e, em questão de poucos dias, enfartou. O desencarne prematuro desestruturou a família, afinal, era muito amado pela esposa e pela filha única. Mesmo com o conhecimento espírita que tinham, sofreram, choraram, se entristeceram e, por fim, seguiram com a vida que tinham programado para si.

Helena, com 20 anos, passou a ser o braço direito da mãe em tudo, dedicava todo o tempo disponível que tinha ao negócio da família e ao auxílio à mãe entristecida. Também cursava faculdade. Tornou-se exímia administradora, revelando um talento ímpar, tendo como incentivo a imensa responsabilidade que tinha em mãos. No entanto, as situações extremas da vida podem despertar em nós não só o que há de melhor, mas também o que há de pior.

Crises revelam verdades, como diria o sábio Emmanuel. Aos olhos de todos, Marília e Helena haviam superado a ausência de Sérgio por meio do trabalho, no entanto, havia algo mais. Além do trabalho, Marília tinha a fé na vida futura, que lhe deu ânimo para continuar. Helena, além do trabalho e do estudo, encontrou uma série de válvulas de escape para o acúmulo de responsabilidades e para superar a perda do pai: amizades, passeios e namoros acompanhados do consumo excessivo de bebidas alcóolicas e certa instabilidade emocional, que passaram a animar sua vida íntima e, ao mesmo tempo, a preocupar sua já sobrecarregada mãe.

Passados dez anos do desencarne de Sérgio, encontramos nossas protagonistas em um verdadeiro momento de transição. E, sobretudo, Helena, que já mostrou ser detentora de grande força e inteligência para lidar com os problemas da família e agora terá de que multiplicar recursos para lidar com os desajustes que criou para si mesma.

Capítulo 7
DESLIZES

Marília tinha consciência de que a filha andava sob o fio da navalha, mas julgava que ela ainda vivia sob a reminiscência de uma adolescência mal vivida, até tardia, movida pelos sonhos e ímpetos da juventude, em busca das mais diversas experimentações. No íntimo, Marília se sentia muito culpada por ter posto a filha para trabalhar desde muito jovem, e acreditava que ela crescera sob o peso de grandes responsabilidades, que, a seu ver, fizeram com quem "perdesse" uma parte da adolescência.

Sendo assim, apesar de vigilante, Marília era muitas vezes permissiva e extremamente compreensiva, pois sabia que a filha havia cumprido com louvor a tarefa que lhe coube, auxiliando o progresso dos negócios da família e, se as duas gozavam de certa tranquilidade financeira havia uns bons anos, Helena tinha grande mérito nisso.

Por isso, alguns dias depois, após um curto período que estava caseira e portando-se de maneira mais equilibrada a filha avisou que iria dar uma saída com as amigas, Marília não se opôs, afinal, Helena era maior de idade. Apenas disse "vá com Deus", finalizando a frase com um "juízo, mocinha". E, como sempre, antes de ir deitar-se fez uma prece, rogando que Deus fizesse pela filha aquilo que ela, como mãe, julgava-se incapaz de fazer.

Ouvindo suas preces, Jonas pôs-se a observar Helena. Tinha pena da jovem, pois ela repetia hoje erros que já cometera no passado, mais de uma vez. Nos bastidores da vida, planejava meios de trazê-la de volta à consciência, principalmente pelo fato de que a filha de Marília filiara-se a entidades malfazejas, que dela se aproveitavam frequentemente. Helena não era mais dona de si e, apesar do auxílio que ele estava prestando à família, sobretudo, à jovem, ainda cabia a ela libertar-se de tal conluio.

Jonas refletiu um instante sobre o quanto a situação de Helena era comum. Seres humanos carentes de iluminação, buscando sentido para suas vidas em caminhos tortuosos, enquanto se unem a desencarnados mais carentes e necessitados de auxílio que eles próprios, envolvendo-se em doentios relacionamentos interdimensionais. Enquanto isso, aqueles que os amam os acompanham, muitas vezes, sofrendo. Amigos do passado, familiares desencarnados, entidades amorosas, que, não raro, em vão, esforçavam-se para inspirá-los e alertá-los sobre a realidade triste em que vivem e a urgência de dar novos rumos às vidas entristecidas.

Às 22 horas, um carro parou no estacionamento do shopping. Helena, quando o avistou, encheu-se de alegria e expectativa. Seu coração disparou e a fez andar mais rápido. Ao aproximar-se, abriu a porta e jogou-se no banco.

Partindo para mais urna aventura pelas noites da cidade, Helena esquecia-se, naquele momento, de todas as suas responsabilidades. Escapava de si mais uma vez, esquecendo-se e de que teria de encarar a si mesma em um futuro não muito distante.

Enquanto a jovem Helena se divertia, o tempo urgia. Há um relógio dentro de cada um de nós, que acertamos antes de nascer, e que em algum momento irá despertar, nos lembrando dos compromissos que assumimos nesta encarnação.

E, enquanto Helena, inconscientemente, atrasava os compromissos assumidos antes de nascer, o relógio interior de sua abnegada mãe despertava, avisando-a de que algo acontecia, agora não mais silenciosamente.

Uma dor inesperada acordou Marília durante a noite. Seu abdome sofria com o que ela interpretou como pontadas. Levantou-se e olhou o relógio. Marcava 1h30. A caminho da cozinha para buscar um copo d'água passou pelo quarto da filha. A cama arrumada era o aviso de que a garota ainda não havia chegado.

"Será que devo ir ao médico amanhã?", pensou a senhora. "Vou aguardar mais uns dias para ver se esse sintoma se repete". E, ao retornar ao quarto, deitou-se novamente.

Exatamente uma hora depois, Helena, cambaleante, parava à porta de casa. Olhou-se e ajeitou a roupa, abaixou a saia, fechou um pouco mais o decote. Tentou recompor-se o melhor possível. Tentou destrancar a porta do apartamento que dividia com a mãe, porém, precisou de três tentativas antes de conseguir girar a chave na fechadura.

Silenciosamente entrou, tirou os sapatos e, pisando mansamente, caminhou para sua suíte. Foi direto para o banho. Mal conseguia ficar de pé e, por fim, sentou-se embaixo do chuveiro, talvez esperando que água quente que lhe caía na cabeça levasse a embriaguez embora.

Aos poucos, enquanto Helena voltava à lucidez, as entidades obsessoras passaram a encontrar obstáculos para dar continuidade aos maniqueísmos com a jovem influenciável. Retornando a si e tomando posse da própria mente, lembrou-se de que tinha que acordar cedo no dia seguinte. Saiu do chuveiro, enxugou-se, vestiu-se e foi direto para a cama, rindo ao recordar-se das diversões da noite, o quanto havia bebido, conversado e se divertido. Considerava-se de alma lavada por ter descarregado todas as tensões. Por fim, deitou-se na cama sem conservar arrependimentos, adormecendo profundamente.

Capítulo 8
REVELAÇÃO

Algumas horas depois de Helena ter adormecido, Jonas e sua equipe socorrista aportaram novamente no quarto da garota, inundando o ambiente de luz safírica advinda do mundo espiritual. Eles aplicaram na jovem alguns passes magnéticos, que auxiliariam seu corpo físico a metabolizar os compostos alcoólicos que lhe intoxicavam os órgãos internos. Após alguns minutos, Helena apresentava visível melhoria, o que permitia à equipe espiritual realizar seus objetivos.

Para melhor conversar com a jovem, facilitaram seu desdobramento. Confusa, ela sentou-se na cama preguiçosamente, sem perceber que seu corpo físico continuava imóvel, sob sono profundo.

Aproximando-se silenciosamente dela, Áulus estendeu-lhe a mão. Helena admirando-o pareceu recordar-se do amigo do passado. Sem titubear, segurou sua mão, e todos juntos foram a uma região simpática a ela.

Sob a alvorada, um lindo campo florido estendia-se ao redor deles. Pássaros cantavam, e o ambiente era o mais agradável possível. Helena adorava ir ali em desdobramento.

Segurando suas mãos e olhando a garota nos olhos, Áulus iniciou um complexo diálogo orientado por Jonas.

— Helena, como é bom revê-la!

— Eu conheço você, não é? — perguntou a garota, interrompendo-o. — Mas há muito não o vejo! Me sinto confusa agora, o que houve entre nós?

— Sim, nos conhecemos de longa data. Vivemos muitas coisas juntos. Lembra meu nome?

— To... Tomazzio! Sim, Tomazzio, meu irmão! Agora sim, me recordo! Há quanto tempo não nos encontrávamos?

Áulus assustou-se. Não era chamado assim havia mais de 100 anos. Sua mente retrocedeu e lindas lembranças vieram à sua tela mental. Desde que Helena reencarnara, era a primeira vez que ela lembrava-se dele. Jonas a tudo observava, sereno, entendendo que a jovem desdobrada apresentara um progresso em suas percepções do mundo espiritual. Parecia mais ativa que das outras vezes em que se encontraram, e julgou que talvez pudessem orientá-la com mais assertividade.

Mentalmente, Jonas contatou Áulus: "ela está mais lúcida que de costume e reconhece-o. Converse com ela, sua presença é muito importante, e são grandes as chances de que ela guarde melhor suas palavras do que as nossas".

Concordando com a observação do orientador, o assistente buscou emitir boas vibrações para Helena, enquanto ela falava. No entanto, a expressão confusa e quase infantil da jovem deu lugar a esgares de sofrimento.

— Estou tão confusa. Minha mente falha. No entanto, se reaviva lentamente em minha mente os males que lhe causei! Minha alma está amaldiçoada pela eternidade! O que faz aqui? Mil vezes perdi perdão a você, meu irmão, e tudo o que tenho se resume a isso que vê: carne, vestes e nada mais! Se vem me cobrar as dívidas do passado, saiba que nada mais tenho, nem fortuna, nem felicidade, nem vida! Me humilhe se quiser, me torne sua escrava ou me mate, mas não me peça o que não posso mais lhe dar!

Uma grande tristeza abateu-se sobre Áulus. Um passado distante parecia se desenterrar ali, à sua frente. Recobrando o equilíbrio, tornou a falar com Helena, atormentada por um centenário complexo de culpa.

— Não, Helena, não se humilhe dessa forma. Constrange-me e entristece-me imensamente. Não me interessa vê-la sofrer por águas passadas. Hoje estou muitíssimo bem e sou detentor de uma fortuna incalculável, sem igual perante os homens! Que me importam as migalhas que já tive no passado? O ouro e aquela prata de que se recorda não são nada comparados ao patrimônio que tenho hoje ao meu dispor.

— Mesmo assim, Tomazzio, o fiz sofrer em meio às circunstâncias que não soube administrar na época e me arrependo tremendamente por isso. Ai de mim!

— Minha querida, fui recompensando mil vezes por Deus, e ambos estamos sendo abençoados com a oportunidade de reparar nossos erros. Infelizmente, nos separamos, pois você precisou fazer uma longa viagem — disse Áulus, dando a entender da necessidade que a jovem teve de reencarnar, sem saber se ela o compreenderia.

— Precisei? — perguntou desviando o olhar, como se procurasse em sua mente antigas recordações do porquê da separação de ambos.

— Helena, me escute. O passado está distante de nós e não seremos capazes de refazer nossos passos nem corrigir o que se passou. O importante é que nos reencontramos, e está tudo bem. Mas, neste momento, preocupo-me com você e preciso que se cuide. Cuide de sua saúde, se reequilibre. Sua mãe necessita de você mais do que você imagina, precisará muito mais em breve, e eu também, minha querida! Você precisará estar bem para olhar por nós!

— Nunca mais, Tomazzio, quero errar! Nunca mais! Estarei disposta a tudo para que nem mamãe e nem você sofram! Quero compensá-lo por todo o mal que causei.

— Você pode e vai! Confiamos muito em você! Em breve, nos veremos.

— Eu não entendo...

Áulus retirou da túnica um objeto e o entregou a jovem.

— Tome, Helena, é um presente — e, abrindo a mão da garota, depositou o conteúdo.

A jovem, então, viu que tinha nas mãos um delicado colar, contendo um pingente dourado em forma de ideograma chinês. Achou linda a joia, mesmo sem entender seu significado.

41

— Deixe-me colocá-lo. Sei que tem uma especial afeição pela cultura chinesa e adora as joias daquele país.

— Um presente seu? Eu que devia presenteá-lo com mil colares.

Áulus pegou de volta o colar e o colocou no pescoço de Helena. Nesse momento, ele relembrou o tempo em que estiveram juntos em sucessivas reencarnações e que caíram sob o peso de duras provações. "Este é um recomeço", pensou. "Precisa dar certo!".

Olhando Helena com ternura, acariciou seus cabelos.

— Guarde bem a imagem deste colar. Ele tem muito significado e a auxiliará a entender o que precisa ser feito. Nos reencontraremos logo, não se preocupe.

Helena segurou o pingente nas mãos e o observou com cuidado. Não sabia se era efeito da luz da alvorada, mas ele reluzia intensamente com se tivesse luz própria.

— Obrigada... Mas temos que nos separar tão rápido?

— Teremos muito tempo no futuro. Vamos!

Segurando a mão da garota, foram juntos de volta ao quarto de Helena. Os primeiros raios de sol apenas despontavam, quando chegaram.

— Preciso que tenha fé e se cuide melhor, Helena! É jovem, bonita, inteligente, honesta, tem um futuro brilhante pela frente, não se entregue aos desequilíbrios e vícios. Lembre-se de que sua mãe precisa de você e ainda precisará muito mais, o tempo para ela urge!

— Mas, Tomazzio, sinto sua falta! Sinto um vazio no peito, uma frustração, minha vida está ausente de significado...

— Está errada! Sua vida não está ausente de significado. Só porque sua vida não possui o significado que você quer que ela tenha, não significa que lhe falte sentido. Pense nisso! Renove sua fé, minha querida, volte a estudar a doutrina espírita, olhe pelos mais necessitados, reconecte-se com Deus e achará o significado que busca!

Áulus ergueu-a nos braços e a recolocou no corpo físico, não sem antes dizer uma última frase: "Você é filha de Deus, e nosso Pai a ama imensamente".

Capítulo 9
REFLEXÕES

Na casa de nossas protagonistas, o dia começava novamente, seguindo a programação doméstica. Porém, mesmo com toda a rotina, as disposições íntimas de mãe e filha estavam muito diferentes naquela manhã.

Marília acordara interessada no paradeiro da filha, — mais curiosa do que realmente preocupada — que havia chegado tarde a noite anterior, depois de mais uma balada. No entanto, não conservava aquela frustração silenciosa que a afligira tantas vezes. Sentia uma paz incomum em relação à filha. Tocou na região do abdome, que doera na noite anterior, e não sentiu nada, levantou-se e, enquanto preparava um café forte, foi programando mentalmente seu dia.

Helena, por sua vez, acordou preguiçosamente. Seus olhos estavam inchados e seu corpo implorava por descanso. Instintivamente, levou a mão ao pescoço, com se procurasse algo. Mas não havia nada. Sentindo o travesseiro molhado, levantou-se e viu que, além de molhado, estava manchado de preto.

Com as imagens de seu "sonho" ainda confusas em sua mente, demorou alguns segundos para entender que aquelas lembranças não haviam se passado no mundo físico. Mentalmente, fixou a imagem de um campo florido e de um amigo que conversava com ela. O assunto do diálogo?

Não se recordava. Mas havia uma sensação de aflição latente em seu ser.

Helena recordou-se que o amigo onírico deu-lhe uma joia chinesa e a colocou em torno de seu pescoço. Um ato de grande significado, que ela não conseguia recordar a razão.

A jovem assustou-se ao olhar-se no espelho. Mesmo tendo lavado o rosto na noite anterior, seus olhos ainda conservavam a pesada e escura maquiagem, que parecia ter escorrido pela face. Estava ali a explicação para as manchas no travesseiro. Parecia ter chorado muito durante a madrugada, enquanto dormia, e seu rosto estava inchado. Além disso, dormira de cabelos molhados e, agora, estavam terrivelmente desgrenhados.

Helena, sentindo-se cansada, banhou-se novamente e, depois, desceu para tomar o café, agora aparentando certa normalidade. Não se sentia bem. Havia se divertido muito durante a noite, claro, mas não estava alegre nem realizada. Essas farras, como ela mesma costumava chamar, pareciam mais um peso que um alívio. Era como se estivesse obrigando-se a sair, beber, namorar. Porém, a diversão, na verdade, somente a desgastava pelos abusos cometidos.

— Bom dia, bela adormecida — cumprimentou Marília com ar provocador. — Parece que teve um sono agitado na noite passada, escutei-a conversando várias vezes. Algum príncipe encantado deve tê-la desencantado pelos sonhos afora, pois parece ter chorado às bicas!

— Bom dia... — respondeu a jovem, apática, sem dar importância às palavras da mãe. — Tive um sonho estranho e acho que chorei igual criança, porque até o travesseiro estava molhado.

E, servindo-se silenciosamente do café fumegante preparado pela mãe, sentou-se à mesa, reflexiva. Mudando o foco de seus pensamentos, tentava reconectar-se ao sonho, relembrar o rosto daquele homem que parecia tão familiar e recordar-se do que conversaram, e que parecera tão importante. Quando fechava os olhos, conseguia ver uma joia reluzente, linda, dourada e com um brilho muito especial. Uma imagem que a marcou intensamente.

Pegando papel e caneta, Helena passou a rabiscar o ideograma que vira, tentando reproduzir cada detalhe que lhe vinha à mente. Recordando-se do que já estudara na doutrina espírita, sabia que o espírito durante o sono poderia se desdobrar. "Seria um desses fenômenos?", pensou.

— E com o que sonhou? O que a poderia ter feito chorar assim, além de um pesadelo? — perguntou Marília, tentando entender o que se passava com a filha.

— Nem sei... — disse evasiva.

Helena calou-se alheia a tudo que a rodeava, ficou assim por alguns minutos. Notando a introspecção da filha, após se sentar à mesa, Marília quis chamar novamente a atenção da jovem, retirando-a da estranha imersão em que se encontrava.

— Senti uma dor terrível no abdome na madrugada passada. O que poderia ser? Não me recordo de ter comido nada diferente do habitual nem ter extrapolado nenhum exercício físico da minha rotina.

Ouvindo a mãe, respondeu desinteressada:

— Hum, e aí?

— E aí, nada. Levantei-me, tomei um copo com água, deitei de novo e passou.

Tendo como resposta o silêncio da filha, foi até ela.

— Helena, está prestando atenção no que estou falando? Parece que ainda não acordou... Será que agora tenho uma filha sonâmbula?

— Estou ouvindo, mãe... Mas estou tentando desenhar uma coisa com que sonhei, mas como não me recordo com precisão, estou com dificuldade. Mas pode ir falando. Sentiu dor... E aí?

Marília respirou fundo, buscando paciência para continuar o diálogo.

— E a dor parou. Até agora não voltou. De repente, pode não ser nada.

— Bom, mãe, se doer novamente é bom procurar um médico — respondeu Helena sem tirar os olhos do papel no qual rabiscava ávida, tentando dar vida a algo ainda incerto, gravado no fundo de sua mente.

Desistindo de falar de si, tentou saber o que tanto ocupava os pensamentos da dispersa garota.

— Com o que sonhou? Deve ter sido algo de importância ímpar, pelo esforço que faz em registrar o que se passou. Estou começando a me preocupar.

— Esse é o problema, não me lembro! Conversava com um homem, tinha um jardim ou algo assim. Ele estava preocupado, eu estava aflita, beirando o desespero. Pelo menos é o sentimento que ficou registrado em mim. Terá sido um alerta?

— E quem era esse homem? Falou sobre o quê?

— No sonho, parecia ser íntimo, mas não me lembro do seu rosto. Nem do que falou, mas sei que era importante, uma coisa muito séria. Preocupante até!

— E esse desenho, o que tem a ver? — perguntou Marília sem entender onde a filha queria chegar com a série de rabiscos aparentemente sem sentido que fazia no papel.

— Pois é... após me falar essas coisas importantes, me deu um colar. E parece que esse colar tinha essa imagem gravada nele, ou tinha essa forma. Acho que era uma joia.

— E o que você interpretou disso tudo?

— Nada... Será que algum príncipe encantado vai tentar me conquistar com uma bela joia?

— Que interpretação mais cafona, Helena! Deve ter alguma outra coisa escondida aí... — concluiu Marília, provocando risadas na filha.

— Ah, deve ter alguma coisa, mas não me lembro de nada além disso. Terminei. O que acha do desenho?

Marília, olhando o papel, assustou-se. Os rabiscos da filha tomaram forma e pareciam realmente com alguma coisa.

— Parece um ideograma.

— Um o quê?

— Ideograma, filha. Um símbolo do alfabeto chinês, um desenho que pode tanto significar uma letra, quanto uma palavra ou uma expressão.

— Será que esse tem algum significado?

— Se não for fruto de sua imaginação ou delírio onírico, se for um símbolo chinês de verdade, com certeza terá.

46

— O pior é que não sei nada do idioma chinês. Na verdade, nem sei se esse desenho está correto.

— Quando tiver um tempo, pesquise na internet.

Por fim, tendo a certeza de que fizera o melhor, guardou o desenho para averiguações posteriores.

"Talvez fosse fruto de sua imaginação, um delírio, mas, e se não fosse?", Helena pensou.

Arrumando-se às pressas, a jovem saiu em disparada para a loja, despedindo-se da mãe com um beijo no rosto. De volta à rotina, Helena deixou para outro momento a infinidade de reflexões que lhe invadiam a mente, protelando mais uma vez importantes resoluções sobre sua vida.

Ao adentrar o shopping, no entanto, Helena não sentiu a sensação reconfortante e prazerosa de sempre. Aliás, estava achando tudo muito pacato e normal. Sua mente fervilhava de questões.

Aproveitando a tranquilidade do período da manhã, Helena auxiliou Suzy em algumas coisas e logo que teve tempo resolveu navegar na internet à procura de informações.

Buscando entender melhor os sonhos, a moça encontrou respostas interessantes em *O Livro dos Espíritos.* Descobriu, por exemplo, que todo espírito, quando está encarnado, é como um prisioneiro inquieto que anseia por liberdade e luta por desembaraçar-se de seu envoltório físico. Assim, durante o sono, ele se liberta do corpo material e percorre o espaço para se encontrar com outros espíritos.

Segundo os espíritos superiores, daí viriam muitos dos sonhos que temos, pois enquanto o corpo repousa, o espírito amplia suas faculdades, e inúmeras coisas que acontecem são resultados da convivência com outros espíritos e também da percepção de eventos passados ou vislumbres do que acontecerá no futuro.

Avidamente, Helena lia e se identificava com cada palavra, que lhe parecia de uma clareza impressionante. Os espíritos superiores esclareciam que mesmo os sonhos mais estranhos e aparentemente absurdos eram recordações de eventos acontecidos no mundo espiritual ou até em outra encarnação. Segundo os emissários do alto, as almas inteligentes e nobres, ao desprenderem-se da matéria, seja pelo sono ou pela morte, automaticamente, procuram os grupamentos espirituais superiores que lhe são afins, para se instruírem e trabalharem. E, da mesma forma, as pessoas vulgares procurariam no desdobramento noturno ou após a morte os grupamentos inferiores, reencontrando afeições viciosas e se intoxicando com ideias malsãs.

Helena refletia sobre tudo o que lia, assustada sobre o quanto uma noite de sono poderia ser importante e até decisiva na vida de uma pessoa. As incansáveis explicações dos espíritos superiores lhe abriam a mente para as infinitas possibilidades que a rodeavam. Refletiu se estaria aproveitando bem sua vida ou se estaria sendo avisada de algo. Continuando a leitura, descobriu que até durante o sono podemos reencontrar afetos e pessoas que nos amam, encarnadas ou desencarnadas e, da mesma forma, encontrar espíritos que nos sejam avessos. Muitas antipatias, que desenvolvemos em nosso dia a dia, podem ter sido provocadas no mundo espiritual, durante o desdobramento noturno.

Os benfeitores ainda afirmavam que encarnados e desencarnados estão em constante convivência, interagindo graças ao sono noturno e que, se não nos lembramos dos sonhos, é por atraso de nosso espírito, ainda muito materialista. Por isso, há o esquecimento ou a confusão que, muitas vezes, nos impedem de saber se estivemos com entidades benéficas ou maldosas.

Helena descobriu inclusive que se o espírito passasse por certa agitação ou aflição durante o desdobramento noturno, o corpo físico poderia fadigar-se, e que ainda existia outra questão física envolvida nessa situação: como era o espírito que vivenciava as experiências de desdobramento noturno, os neurônios do cérebro não captavam essa experiência. Dessa forma, quando o espírito retornava ao corpo, as informações do cérebro perispiritual não eram captadas pelo cérebro físico com facilidade. Daí recordarmos, de maneira geral, apenas de fragmentos imprecisos.

Helena leu e releu as questões formuladas por Kardec aos espíritos superiores. De certa forma, seu sonho parecia ter um sentido profundo, ainda não assimilado e, pelo visto, era grande a possibilidade de ter recebido um recado de um espírito amigo. Mas qual seria o significado daquele sonho, aliás, do possível desdobramento? Kardec afirmava sobre as percepções em desdobramento que "O Espírito não as percebe pelos órgãos do corpo", daí realmente seria difícil um dia recordar-se com exatidão de tudo o que presenciou.

A jovem perdeu-se em pensamentos durante mais alguns minutos, até que os clientes começaram a entrar na loja. Era hora do almoço, e dali em diante seria exigida dela uma disposição extra até o horário de encerramento do expediente.

Capítulo 10
SAÚDE

Ignorando as dores que sentiu durante a noite, Marília foi para sua caminhada matinal, após a filha sair para o trabalho. Como morava em um bairro arborizado, ao lado de um dos grandes parques da cidade, gostava de movimentar o corpo e arejar a mente, como costumava falar.

Sabendo que a filha tomaria conta da loja, mesmo sob o efeito da ressaca resultante dos abusos noturnos, Marília decidira não descuidar de si. Ex-fumante, sabia que o vício deixava máculas no organismo e temia envelhecer enferma.

Da mesma forma que não gostava de ouvir música enquanto dirigia e deixava os pensamentos fluírem naturalmente, quando caminhava preferia ouvir o som da cidade, acompanhar o movimento dos carros e das pessoas, sentir o toque da brisa matinal nas folhas das árvores e, também, os próprios pensamentos.

Após uma hora de caminhada, a mulher sentiu novas pontadas no abdome, mas pensou serem câimbras advindas dos músculos abdominais.

Marília voltou para casa, tomou um banho e preparou-se para ir ao shopping, onde almoçaria e passaria a tarde ao lado da filha. Foi quando, então, o telefone tocou.

— Alô? — atendeu Marília.

— É da residência da senhora Marília? — perguntou uma voz feminina séria.

— Sim.

— Posso falar com ela?

— Sou eu, pode falar.

— Senhora Marília, tudo bem? Meu nome é Jéssica e falo do consultório do doutor Antônio. Estamos ligando apenas para relembrar a senhora de que já se passou um ano desde sua última consulta, e está na época de realizar os exames de rotina. É muito importante evitar atrasos nas consultas.

— Ah, sim... Obrigada pela ligação. Quando o doutor tem um horário disponível?

Após as informações necessárias, deixou a consulta marcada. "Em boa hora", pensou ela, acariciando o abdome.

A mãe de Helena, alguns anos atrás, descobrira um pequeno nódulo no seio. A biópsia revelou um tumor que foi retirado a tempo. No entanto, a partir daí, anualmente, realizava exames preventivos, pois algumas doenças como o câncer, podem ser tão silenciosas quanto devastadoras.

Mas Marília não se preocupava muito com isso. Na verdade, ela não se "pré-ocupava" com nenhuma questão, evitava sofrer por antecipação por qualquer assunto e, por isso, a ansiedade não "lhe pegava", como costumava dizer.

Capítulo 11
TREVAS

Sem serem vistos por Helena, seres sombrios observavam a bela jovem a distância. Não que ela não os sentisse, mas não sabia identificar que o aperto que sentia entre as costelas, forçando levemente os músculos abdominais, ou os fortes batimentos cardíacos que atribuía à ansiedade estavam ligados às influências espirituais perniciosas.

Como acordara sob a influência de amigos espirituais, sua vibração estava um pouco mais alta que de costume, assim, não se deixou influenciar tão facilmente pelo ambiente que a rodeava, nem pelos seres sombrios que tentavam incutir-lhe pensamentos e sensações.

Para tais seres, a jovem Helena era um verdadeiro parque de diversões e, através dela, esbaldavam-se nas sensações prazerosas que só a matéria poderia proporcionar. Por isso, instigavam seus instintos naturais, dia após dia, incutindo-lhe lembranças ligadas às amizades, aos momentos românticos e aos locais que gostava de frequentar, não abrindo mão, inclusive, de lançar em sua tela mental cenas eróticas de experiências vividas. Não eram capazes de influenciá-la em casa, pois era um ambiente incompatível com sua presença, no entanto, no shopping, geralmente, o padrão vibratório de Helena caía vertiginosamente, o que a deixava na mesma sintonia dos espíritos invasores.

Bastava que a jovem ultrapassasse as grandes portas de vidro do saguão de entrada que, imediatamente, o vínculo se formava e ela passava a escutá-los, dando a esses pensamentos invasivos nomes variados como "ideia súbita", "imaginação fértil", "criatividade", "vontade repentina", "carência" ou mesmo "desejo". Além disso, seu humor durante o dia variava radicalmente. Às vezes, se entristecia indo até a melancolia ou se exaltava, transbordando uma alegria contagiante, às vezes, se irritava sem muitos motivos e, não raro, flertava com alguns — e até algumas — clientes, graças à excitação de que era alvo.

Como Helena compartilhava de desejos próximos aos de seus obsessores, a tarefa era facilitada, já que esse é um dos grandes segredos da obsessão: somos instigados em nossas próprias tendências. O obsidiado acaba sendo alguém que recebeu um "empurrãozinho" de irmãos enfermos para concretizar aquilo que intimamente já sentia ou pensava.

A tarefa se tornava mais fácil, quando a vítima tinha um grande círculo de amizades compartilhando os mesmos interesses, vibrando na mesma sintonia. Assim, mesmo que um dos elos da corrente estivesse vibrando mais alto, digamos assim, a vítima poderia ser influenciada por convites quase irresistíveis vindo de pessoas que tinha afinidade.

Helena chegou à loja muito bem humorada apesar do esgotamento físico, mostrando-se alheia aos pensamentos de seus obsessores e, naquele dia em especial, por mais que buscassem instigar seus sentimentos inferiores, não encontraram brechas. Pelo cansaço da noite anterior, ela mesma havia colocado uma barreira em torno de si, de modo a nem se importar com os convites que chegavam pelo *smartphone*. Isso, aliado ao sonho que tivera, fez seu pensamento retroceder àquele campo florido várias vezes durante os dias seguintes, o que desarticulou todos os planos daqueles espíritos que a acompanhavam.

Deixando-a em paz durante um período, esses seres envolveram-se com outras pessoas do mesmo círculo de amizades da jovem, divertindo-se de outras maneiras enquanto aguardavam que Helena, naturalmente, se sentisse carente dos prazeres viciosos, buscando afogar-se em ilusões, como frequentemente fazia.

Certo dia, então, um dos espíritos das sombras viu andando pelos corredores do shopping um antigo namorado de Helena. Como conheciam bem a jovem, logo identificaram o jovem como uma força em potencial para quebrar as barreiras levantadas por ela. O rapaz, da mesma forma que sua ex-namorada, contava com entidades sombrias em seu encalço, o que facilitou a negociação para que atingissem seus objetivos. Sob influência dobrada, foi fácil conduzi-lo até a loja de sua antiga paixão.

Conversando entre si, as entidades sombrias chegaram à conclusão de que ainda havia um desejo latente entre os jovens. A separação do antigo casal aconteceu, pois os dois não haviam se gostado o suficiente a ponto de serem fiéis. Fora um namoro marcado por traições, de ambos os lados. No entanto, se não havia amor a ser resgatado, a chama do desejo poderia ser acesa novamente, para a infelicidade de ambos.

Lucas nem se lembrava de que Helena era dona de uma loja naquele shopping. Não falava com ela havia alguns anos e se lembrava dela apenas como um "ex-caso", que contabilizava sem grande expressão. Mas, movido por uma repentina curiosidade, passou por aquele andar julgando estar atrás de promoções.

Em um momento em que Helena ajeitava uma etiqueta na vitrine, Lucas parou para olhar os preços. Seus olhares se encontraram imediatamente, fazendo com que certas recordações brotassem inadvertidamente. Nas trevas, a expectativa era alta, de unir "a gasolina e o fogo" em sua distorcida visão da vida. Por um instante, a moça e seu ex-namorado se encararam, para terem certeza do que viam.

Ambos sorriram e, sem muita discrição, olharam-se de cima a baixo. Vendo Helena bem vestida e maquiada, Lucas admirou-se com a beleza dela. Pensou que os poucos anos que ficaram afastados haviam sido generosos com a jovem, que se tornou uma bela mulher.

Da mesma forma, Helena notara que Lucas estava bem diferente. Mais robusto e maduro, não lembrava o rapaz franzino com quem se envolvera no passado.

— Helena? — perguntou, fingindo insegurança quanto à identidade da jovem, mas certo da resposta que ouviria.

— Lucas? — perguntou, igualmente, Helena, como se mal reconhecesse o rapaz.

Ambos sorriram encarando-se.

— Me recordo que sua mãe tinha uma loja, mas não sabia que era aqui.

— Na verdade, você sabia, me buscava aqui sempre.

— Bom, vou mudar a frase: sabia que sua mãe tinha uma loja, mas não me recordava de que era aqui.

— Ah, sim, melhorou! Como você vai?

— Ah, tudo bem, ainda me acostumando ao Brasil, retornei há poucos dias...

O tom de intimidade com que conversavam revelava que o tempo em que se afastaram não fora o suficiente para apagar a simpatia que sentiam um pelo outro. No entanto, Helena, sentindo-se repentinamente desconfiada, encarou-o seriamente, dizendo em tom irônico:

— Tem certeza de que não se lembrava de que a loja era aqui?

E riram da observação.

— É sério! Estava de passagem olhando as vitrines. Estou até meio atordoado, será que foi meu inconsciente que me trouxe aqui? Parece que estou tendo um *déjà-vu*.

De dentro da loja Marília viu Helena conversando com um rapaz. Cutucando Suzy, apontou para os dois e perguntou quem era ele. Suzy, olhando atentamente, custou a reconhecer o rapaz, que via às vezes, quando ele buscava Helena para saírem. Ao identificar quem era, arregalou os olhos.

— Que estranho, parece o Lucas. Ele foi um "namorado" — disse fazendo sinal de aspas — de Helena um tempo atrás. Mas nunca deram muito certo, era um vai e volta sem fim... Depois, ele foi embora para o exterior. Não se falaram mais. Pelo visto retornou ao Brasil. O que será que ele faz aqui? — perguntou desconfiada deixando um mistério no ar.

Foi o bastante para despertar a curiosidade da empresária. Parando seus afazeres um momento, discretamente, ficou a observar aquele diálogo inusitado. Não podia ouvir devido a distância, mas ficou atenta ao comportamento da filha.

Curiosa, Marília queria mais informações sobre o relacionamento:

— Eles não davam certo, é? Parecem bem íntimos daqui de onde estou e parecem estar se dando muito certo.

Suzy, aproximando-se da mulher, buscou falar-lhe em tom de confidência.

— Os dois eram muito despreocupados, livres... Gostavam de uma boa balada e, na época que eu ainda era solteira, cheguei a sair com eles algumas vezes. Nem sei se poderia dizer que foram namorados. Saíam juntos, bebiam, namoravam, depois ficavam dias sem se ver. E nenhum dois foi santo, saíam com outras pessoas. Foi um caso que durou pouco e passou.

— Sei... — disse Marília, desconfiada. Sua intuição de mãe avisava que dali boa coisa não sairia, apesar de o rapaz parecer um belo partido.

Marília nunca havia conhecido um namorado sequer da filha. Claro, soubera de vários namoricos que ela tivera, mas nada sério a ponto de ser apresentado a ela. Em uma época em que a filha saía menos, ouvia-a ao telefone conversando ou marcando encontros. Às vezes, comentava com ela uma ou outra situação. Raras vezes Helena pediu-lhe algum conselho.

Muitas vezes, julgava que a filha ainda não havia despertado para o amor e estava na fase de aproveitar a vida. No entanto, com 30 anos de idade, sabia que deveria ser madura. Às vezes, ficava fazendo contas em casa: "Se Helena arranjasse um namorado hoje, quanto tempo namorariam até o casamento? E, depois de se casar, quanto tempo até engravidar? Se Helena atrasasse ainda mais a formação de sua própria família, o tempo não seria favorável, pois após os 35 anos, em média, as chances de uma mulher ter um filho diminuem progressivamente. Ou seja, a jovem aproximava-se da data-limite biológica que encerra o período mais saudável e fértil para se ter filhos..."

Muitas vezes, Marília achou que o futuro de mãe e filha seria viverem juntas, e que Helena nunca se casaria. Na pior das hipóteses, com a vida desregrada que levava, engravidaria por acidente e morariam juntas, com um neto ou uma neta. Em resumo, Marília era uma mãe que se interessava pelo futuro da filha. E, apesar de não estar preocupada, mentalmente analisava os possíveis caminhos que o destino lhes reservaria.

Voltando à realidade, viu que a filha, a princípio séria, foi se descontraindo e passou a conversar animadamente e a rir. Ambos foram se soltando enquanto conversavam. Logo estavam de *smartphones* em punho, trocando telefones. Despediram-se com um beijo do rosto. Helena retornou ao interior da loja com as faces rubras.

Como quem não quer nada, Marília sondou a filha.

— Quem era o rapaz bonito? Amigo seu? Ou seria meu futuro genro?

— Amigo antigo e nem sei se tão amigo assim, nada mais. Não nos víamos há um tempo.

— Entendo... Combinaram de sair?

— Credo, mãe! Você acha que só penso em sair... Mas acho que vamos sim, vai ter um show no sábado. Eu nem estava pensando em ir, mas...

Torcendo o nariz, Marília não disse mais nada. Apenas pensou: "meu Deus, põe juízo na cabeça desta menina, tira ela dessas amizades, desses passeios pela madrugada, livra ela, Senhor, das bebedeiras e dos ambientes viciosos!". E continuou seus afazeres.

A certa distância, seres sombrios comemoravam. Haviam plantado sementes em terra fértil, agora era esperar que germinassem.

Capítulo 12
PASSADO

Mais uma semana se encerrava com grandes reflexões para mãe e filha.

Marília tinha uma consulta médica marcada para segunda-feira logo cedo. Por isso, passou o fim de semana pensativa. Todos os anos, a senhora realizava consultas médicas e fazia um *check-up*. Nessas ocasiões, ela fazia uma viagem ao passado, pois os motivos que a levavam a essas consultas periódicas foram muito marcantes.

Em uma época, antes do desencarne de seu marido, Marília descobrira um nódulo no seio. Helena ainda estava na pré-adolescência, pouco se lembrava do peso que esse acontecimento teve na vida da família.

Exames revelaram que se desenvolvia um câncer no organismo de Marília. Foi uma notícia dura para o casal, pois a convicção de morte certa costuma acompanhar o diagnóstico dessa doença.

Na cirurgia, tudo correu bem. O médico havia dito na época que o carcinoma estava no estágio 2, ainda localizado no seio e sem ramificações. No entanto, o abalo psicológico foi irrecuperável, pois Marília tomou consciência de que fazia parte de um grupo de risco, que incluíam várias doenças além do câncer, que era passível de retornar no futuro, pois ela era fumante.

Marília deu-se conta do quão frágil era sua vida e, em escala mais ampla, a vida humana. Entendeu o quanto a existência humana é perene, efêmera e que, a qualquer momento, sem aviso, podemos ser chamados de volta à pátria espiritual.

Seu comportamento mudou perante a vida. Dali em diante, Marília entendeu que deveria ser grata por cada segundo de vida que tivesse. Por isso, quando o marido desencarnou, Marília já havia adquirido um entendimento de que tudo é passageiro, e ela, que tinha quase certeza de que iria antes de todos, descobriu que nesta vida nossas certezas podem mudar muito rapidamente.

E era assim que ela encarava a vida de Helena. Hoje, a filha vivia essa vida "bipolar" como Marília gostava de dizer, provocando-a: trabalhava dentro de uma disciplina militar durante o dia e depois se esbaldava à noite. Era a vida dupla que a filha levava, afinal, era uma mulher intensa em tudo o que fazia, extrema em todas as experiências por que passava.

A jovem Helena que, de início ficou empolgada com o reencontro com Lucas e com a oportunidade de saírem juntos no fim de semana, passou a sentir-se desconfortável quando chegou em casa. Algo a incomodava com relação ao rapaz, mas não sabia o que era.

Áulus, invisível tanto a Helena quanto para seus obsessores, observava a jovem a distância. Ele sabia que a moça sofria um brutal assédio de forças sombrias, quando estava no shopping ou nos ambientes noturnos que frequentava, mas em casa essa influência se esvanecia, devido às boas vibrações de seu lar, restando apenas ecos de baixo impacto em sua mente. Assim, sempre que chegava em casa, era comum que Helena reavaliasse o que programara quando estava na loja.

E isso era um problema de difícil solução. Helena trabalhava até às 22 horas, era natural que tivesse a ideia de sair para se divertir com as amigas ou que recebesse convites a esse respeito durante o expediente. E dali emendava até altas horas. Ainda faltava à jovem força de vontade para resistir aos impulsos externos, afinal, um convite vindo de um obsessor não difere de um convite feito por uma amizade encarnada, já que um obsessor dificilmente irá convencer o obsedado a fazer algo de que realmente não goste.

No shopping, após despedir-se de Lucas, sua imaginação foi a mil, desestabilizando suas emoções. O rapaz estava muito bonito, parecia muito bem após alguns anos do término do curto relacionamento. Ficou imaginando o que mais nele havia mudado.

Durante o dia passou a recordar-se dos bons momentos em que passou ao lado dele, do que ele despertava nela na época em que estavam juntos e das boas farras que fizeram. Ficou repassando o fim do caso que tiveram, pensando como eram imaturos à época, imaginando que as coisas não precisavam ter terminado daquela forma, e que poderiam ter tentado mais um pouco. Deixando a imaginação fluir, chegou à conclusão de que os dois mereciam uma nova chance. Iria ao show com as amigas, e se ele estivesse lá, não o deixaria escapar.

Mas como antenas captando sinais variados por onde passamos, muitos advindos de espíritos desencarnados, nossa vibração alcança notas ora mais baixas, ora mais altas, como um rádio que muda de faixa constantemente.

Ao chegar em casa e desfazer-se das energias provenientes de seu ambiente de trabalho, os pensamentos de Helena foram gradualmente mudando. Com a influência das entidades perniciosas, que a acompanhavam durante o dia, minimizada, a jovem passou a refletir sobre outras questões envolvendo Lucas. Já não parecia tão animada ao jogar-se no sofá ao lado da mãe, buscando o controle remoto.

Se, durante o dia passou os minutos deslumbrada com a beleza e a gentileza do antigo namorado e programou como seria um encontro romântico entre os dois, agora relembrava da frustração que enfrentaram durante o tempo em que estiveram juntos.

Noites regadas a bebidas alcoólicas, bares e festas. Amizades igualmente viciosas. Falta de compromisso e infidelidade — da parte de ambos — muitas discussões acirradas, um ciúme exacerbado... Pensando bem, não se lembrava de momentos em que os dois estiveram juntos sóbrios, fazendo coisas simples como ir ao cinema, comer uma pipoca, beber um refrigerante.

Foi um relacionamento apaixonado e turbulento. Helena dava graças a Deus que a mãe nem sonhava as coisas que ela já fizera anos atrás. Sentiu uma ponta de arrependimento em ter dado a Lucas alguma esperança romântica, e só de pensar nos desgastes que já sofreram no passado, sentiu preguiça de recomeçar o relacionamento. "A fila anda", pensou, "deu o que tinha que dar".

Suspirando, afastou da mente qualquer pensamento ligado ao rapaz e resolveu assistir a um bom filme.

Marília, que decidiu assistir ao filme com a filha, notou que a garota estava meio aérea, distante. E, apesar de não querer insistir em nenhum assunto complexo, puxou conversa com a garota.

— Filha, você anda muito pensativa esses dias... Tem estado aérea, distante. Daria o mundo para saber o que se passa nesta cabecinha.

— Eu? — perguntou Helena inocentemente.

— É... Está olhando para o horizonte mais do que para qualquer outra coisa. Está vislumbrando algo.

Helena abriu a boca para falar algo e parou por alguns segundos, revirando os olhos. Marília notou que a filha refletia, possivelmente medindo as palavras.

— Sei lá, mãe... Nossa vida é cheia de surpresas... Estou sentindo que alguma coisa vai acontecer e muita coisa vai mudar. Sei lá...

Após o fim do filme, mal entraram os créditos finais, e Marília despediu-se e foi se deitar. Alegando falta de sono, Helena optou por ficar mais algum tempo em frente à TV e ajeitou-se confortavelmente no sofá.

Capítulo 13
DECISÃO

Caminhando pela calçada semi-iluminada, Helena notou que estava em uma das zonas boêmias que gostava de frequentar na cidade. Mesas espalhavam-se à sua frente, ocupadas por homens, mulheres e casais, que conversavam animadamente.

Olhando por onde pisava, viu sob a neblina que o chão estava muito sujo, enlameado e, ao redor, a cidade crescia em tons pastéis. Parou em frente a um bar e entrou em busca de um aperitivo. Viu Lucas em uma das mesas com amigos. Ria e conversava alto. Algumas vezes, aproximavam-se com certa intimidade. Ficou feliz em vê-los, sentindo-se um pouco mais segura naquele estranho local.

Sentou-se à mesa e foi recebida com festa. Logo, conversavam amimadamente. Inebriada pelo ambiente, Helena foi se envolvendo naquele estranho clima e, após algum tempo, que não soube contabilizar, passou a achar o local extremamente sedutor, o que a incomodou profundamente.

"O que fazia naquele local?", pensou. Levantou-se, mas uma de suas amigas segurou seu braço, pedindo que ficasse, relaxasse, se divertisse, aproveitasse e outros verbos de semelhante teor. Lucas apenas ria e debochava de todos.

Desenlaçando-se, Helena saiu daquele ambiente sem olhar para trás, correndo pela rua. Achava errado o que acontecia ali.

Descalça, notou que caminhava sobre a grama. Olhando ao redor não viu mais a cidade, apenas uma extensa área verde. Ventava muito e nuvens cinzentas cobriam o céu. Folhas espalhavam-se por toda parte, dançando ao sabor de repetidos redemoinhos.

No horizonte, viu que a tempestade já caía. Rapidamente escureceu e, com medo da chuva, correu em busca de abrigo. Ouvia o ribombar dos trovões e via os relâmpagos que criavam estranhas sombras entre galhos e folhas. As gotas iam caindo, uma a uma, e Helena viu que se ficasse ali se encharcaria rapidamente, correndo o risco de ser eletrocutada por um raio.

Correndo entre as árvores, avistou uma cabana. Notando que a luz estava acesa, apressou-se a chegar ao abrigo o mais breve possível. Ao tocar a maçaneta da porta, ela abriu imediatamente, e isso lhe deu um alívio incomparável.

Helena entrou ofegante, molhada e tremendo de frio. Notou que uma mulher a esperava. Aproximando-se, a moradora do casebre a cobriu com uma grossa manta e a levou até a uma larga poltrona. O ambiente era extremamente agradável, quente e confortável. Sentando-se ao seu lado, sua salvadora conversava animadamente e contou-lhe histórias que a jovem não conseguiu entender. Pareciam se conhecer de longa data.

Olhando para um quadro na parede da sala, uma imagem lhe chamou a atenção. Um desenho que conhecia de algum lugar, parecendo um ideograma chinês. Repentinamente, levou a mão ao pescoço e notou que usava um colar.

Segurando o pendente entre os dedos, viu que seu formato representava o mesmo desenho da pintura dependurada à sua frente. Do lado de fora da cabana a tempestade caía terrivelmente e, por mais que se assustasse com o barulho da chuva forte na janela ou o estrondo dos trovões, a cabana parecia muito segura, e reinava a tranquilidade. Levantando-se tocou a tela, sentindo sua textura nas pontas dos dedos.

Ainda tentando ajustar-se à luz que lhe feria os olhos, Helena os abriu vagarosamente. A TV exibia imagens. Buscou entender o que se passava e percebeu que havia dormido no sofá. Olhou o relógio e assustou-se com a hora avançada. Levou a mão ao pescoço, mas não havia nada. Olhando a janela, notou que a lua cheia revelava um límpido céu noturno.

Novamente sonhara. Um sonho repleto de reviravoltas e, com certeza, com algum significado oculto. Mas o que seria? Qual o sentido das imagens que vira?

Jogando-se em sua cama, dormiu quase que imediatamente. E sem sonhos dessa vez. Só acordou quando o despertador soou alto.

Helena despertou sentindo-se estranha. Sentia-se insegura, como se algo não estivesse bem. Passou todo o dia de sábado no shopping, assim, com a sensação de que estava se esquecendo de algo importante. Aproximando-se do fim da tarde, suas amigas iniciaram os primeiros contatos para combinar sobre a ida ao show, que aconteceria à noite, em uma conhecida boate da cidade.

Depois de pesar na balança as possíveis situações que se desencadeariam após o reencontro com Lucas, Helena, por fim, resolveu ir ao show, para tirar a prova do que sentia e, caso esse *flashback* não desse certo, dormiria de consciência tranquila, sabendo que fez o melhor que pôde.

Após o expediente, Helena comunicou a mãe sobre programação da noite, e Marília desconfiou um pouco desse ex-namorado misterioso que apareceu de repente, porém, como sempre fazia, deu apenas um tchau para a filha, emendando com um "divirta-se" e finalizando com um pedido para que a filha tivesse juízo.

Quando Helena saiu de casa com suas amigas, que vibravam com a noite que prometia diversão, um grupo de desencarnados também vibrava, escondido nas sombras, sabendo que havia reunido em um só local todas as fraquezas de Helena: bebidas alcoólicas, amigas politicamente incorretas e um possível par romântico.

Agora era só aguardar que a jovem caísse por si só.

Em verdade, nossos obsessores costumam ser também grandes psicólogos, hipnotizadores ou magnetizadores de nossa vontade. No caso dos algozes de Helena, sequiosos de prazeres que ela poderia fornecer em abundância, nem precisavam se utilizarem de tantos recursos. Uma simples sugestão era o suficiente para que a garota se empenhasse em fazer o que lhes aprazava.

Capítulo 14
TENTAÇÃO

São muitas as surpresas que a vida nos reserva. Não existe sobre a Terra um ser humano capaz de afirmar que detém todas as rédeas de sua existência. Quantas vezes somos tomados pelo inesperado mesmo tendo cada passo planejado? Às vezes, somos pegos de assalto por uma infelicidade repentina ou por um imprevisto. Outras vezes, por um prêmio ou um agrado do destino que nos salva na hora certa.

Helena se julgava detentora dos acontecimentos de sua vida, mas, muitas vezes, quem planejava o que faria eram seus algozes desencarnados. Entidades que se interessavam mais em se satisfazer do que satisfazê-la. Seus planos poderiam coincidir com os dela, ou não. Até certo ponto seus objetivos eram os mesmos, por pior que essa afirmação possa parecer. Queriam usufruir e se entregarem aos caminhos viciosos que lhe surgiam à frente.

Após consumir alguns *drinks*, Helena e suas amigas deixaram de raciocinar por si próprias, perdendo sua autonomia. Não pensavam, apenas agiam como marionetes de seus algozes invisíveis.

Em uma das idas ao bar, enquanto na plateia a expectativa era de que o show começasse a qualquer instante, a garota viu Lucas. Cumprimentaram-se com um beijo no rosto.

— Helena, não é que você veio? Bom demais te ver! — disse o rapaz, olhando a jovem de cima a baixo.

— Pois é... Estou sem sair há uma semana! Não aguentava mais a rotina trabalho, casa e trabalho novamente.

— Veio com quem?

— Ah, com as meninas, lembra-se delas?

— Claro! Estou com uma rapaziada aqui também, vamos juntar a turma!

E assim, rapazes e moças sentaram-se a uma grande mesa. Conversaram, riram, bebericaram. Após algumas doses, os primeiros casais foram se formando.

Logo Helena arrastou Lucas para junto de si, beijaram-se e, entrelaçados, vibraram quando os primeiros acordes da banda começaram a soar. Para eles, só aquele momento passou a ser importante. Nas sombras, inúmeras entidades também vibravam e, como eles, a seu modo, também "aproveitavam" a noite.

Naquele momento, Lucas e Helena sentiam-se apaixonados. Mas, a rigor, não raciocinavam claramente levados pelo sabor do momento, porém, vazios de amor. Perdidos na noite, esqueceram-se do mundo que os cercava.

***

Marília acordou no dia seguinte no horário de sempre e, tão logo se pôs de pé, foi ao quarto da filha para saber se estava tudo bem. No entanto, assustou-se ao ver que o cômodo estava impecável, a cama arrumada como no dia anterior. A filha havia dormido fora de casa. Um misto de preocupação e frustração tomou conta da mãe de Helena. "Até quando, Senhor?", pensou, elevando os pensamentos ao alto.

Ao conferir o aparelho celular, Marília viu uma mensagem da filha: "Estou chegando", enviada uma hora antes. Respirando fundo, Marília pôs-se a raciocinar. O shopping abriria apenas ao meio-dia, e ainda era cedo. Seria normal a filha querer aproveitar um pouco mais o sábado, afinal, Helena não estava saindo muito e trabalhava corretamente durante toda a semana. Seria justo que a filha se divertisse, mas "poderia ter pelo menos avisado", pensou irritada.

Já eram 9 horas da manhã, quando Marília ouviu a chave girar na fechadura, enquanto se arrumava para sua caminhada matinal. Helena chegava em casa. A mulher levantou-se apressadamente e foi até a entrada da casa "pegar a filha no pulo" e ver o estado em que Helena chegaria.

Quando a filha entrou, Marília assustou-se, mas não com o estado lastimável que esperava ver, nem com o cheiro de álcool e cigarro de costume, mas com a normalidade com que Helena se apresentava. Vestia calça jeans, uma blusa e sandálias baixas. Estava de rosto limpo, sem maquiagem, com os cabelos lavados e um diadema. Quando a filha fechou a porta, notou que usava uma refrescante colônia floral. Ver que a filha estava bem a surpreendeu. Esperava ver uma garota repleta de olheiras, maquiagem borrada e cabelos desgrenhados, ainda com a roupa da noite e, possivelmente, descalça e com os pés sujos.

Marília, boquiaberta, demorou alguns segundos para reformular as frases que planejava dizer à filha. E, vendo o sorriso com que Helena a olhou, apenas agradeceu a Deus mentalmente pela grata surpresa.

— Onde... Onde você estava? — perguntou a senhora, com um meio sorriso.

— Bom dia para você também, mamãe — respondeu Helena, beijando o rosto da mãe.

— Por que não avisou que dormiria fora? Se eu lhe contasse o que fiquei pensando quando vi seu quarto vazio...

— Ué, já dormi fora outras vezes. É que uma coisa foi levando à outra e, quando vi, não dava mais para vir para casa.

— Dormiu onde?

Respirando fundo, contou mentalmente até três e respondeu sem mentir:

— Passei a noite com Lucas — disse fechando os olhos e tentando evitar sorrir.

— Lucas? O rapaz que você reencontrou no shopping?

— Sim, ele.

— Seu ex-namorado?

— Sim, ele.

— E voltavam a namorar então?

— Talvez.

— E como dorme com um homem que não está namorando?

— Não sei responder. Sei que o encontrei no show e ficamos. Como estava de carona com as meninas, ele se ofereceu para me trazer em casa, e no caminho mudamos de ideia — respondeu Helena apressada e tropeçando nas palavras, com as faces rubras. Seu coração batia apressadamente e começou a suar, nervosa.

Suspirando, Marília continuou boquiaberta. Não tinha o hábito de discutir com a filha, o que não significava que não dissesse o que pensava.

— Sua sinceridade me assusta, juro. Nem sei o que pensar. Não posso deixar de dizer que acho errado esse tipo de comportamento. Como pode simplesmente dormir com um homem que não namora e aparecer aqui, assim, depois de uma noitada, como se fosse uma coisa normal? Não acha vulgar? Como pode se entregar assim, tão facilmente? Espero que saiba o que está fazendo.

Sem dizer nada, sabendo que errara, Helena apenas pensou "e eu também!", torcendo para que a mãe parasse por ali.

Mudando de assunto, Marília tratou com a filha algumas pendências sobre a loja. Encerrado o assunto, Helena foi para seu quarto. Jogando-se na cama como gostava de fazer, exaurida, decidiu tirar um cochilo até a que chegasse a hora de trabalhar. Ao fechar os olhos, as imagens da noite amorosa ao lado de Lucas povoaram sua tela mental. O que seria deles dali em diante? Será que haveria futuro para esse relacionamento?

Capítulo 15
FASCINAÇÃO

Durante o dia, Helena repassou os acontecimentos da noite com Lucas, realimentando constantemente as sensações ainda vívidas em sua mente. Fora um reencontro maravilhoso. Ao mesmo tempo em que ansiava por revê-lo, uma parte de si afastava tais pensamentos. "Para quê complicar ainda mais a vida?", refletia silenciosamente.

Marília vivia um misto de fé e precaução. Ao mesmo tempo em que acreditava que um namorado poderia ser uma saída para que a garota se aquietasse mais, sabia que também poderia ser o estopim para novos distúrbios íntimos.

Por fim, a mãe de Helena fez uma prece mental, entregando a situação nas mãos de Deus. E, então, quando ouviu o telefone tocar e Helena rapidamente atendê-lo com um grande sorriso no rosto, ela entendeu que, de alguma forma, suas preces poderiam ser atendidas.

No decorrer da semana, no entanto, outras preocupações ocuparam Marília. Na consulta de rotina avisou o médico sobre uma estranha dor abdominal que a estava acometendo vez ou outra, e ele solicitou uma série de exames.

Deixando para dali a alguns dias a visita aos laboratórios e julgando que não imperavam questões urgentes a serem sanadas no âmbito de sua saúde, aproveitou para fazer algumas visitas aos fornecedores que lhe demandavam atenção.

Com Helena, aconteceu uma mudança gradual e silenciosa, mas perceptível a cada dia. A moça que, apenas uma ou duas vezes por semana, esquecia-se das horas em suas saídas noturnas, passou a chegar tarde praticamente todos os dias da semana. Justificava-se à mãe dizendo que saía com o namorado, mas que também precisava sair com as amigas de sempre. Multiplicaram-se os programas e também os abusos. Passou a levar uma vida superagitada, dividindo-se entre o trabalho e a diversão.

O namoro da filha que, no início pareceu ser uma boa ideia, tornou-se um tormento para a mãe que, quando tocava no assunto com a jovem, precisava tolerar suas respostas ríspidas para evitar contendas.

Marília tinha medo de a filha perder o rumo. Se no trabalho mostrava-se focada e determinada, na vida pessoal estava mais perdida do que nunca. Teve que admitir para si mesma que sua "garotinha" não era — e talvez nunca tivesse sido — uma mulher equilibrada, e que talvez fosse viciosa e promíscua na vida íntima.

A empresária se entristecia sempre que chegava em casa e se via sozinha. "Onde estará minha filha?", pensava. E sempre que perguntava a Helena porque não levava o namorado para conhecê-la, a filha desconversava e dizia que ainda não era a hora, e que quando o relacionamento se tornasse sério, o faria. Marília notou que a moça tratava do assunto sem muita seriedade.

Observando a filha durante o dia, via que continuava trabalhando com competência, com a mesma presteza e gentileza com os clientes, apesar de parecer constantemente irritada com ela e Suzy. De vez em quando, via a filha assustando-se sem motivos ou fitando o vazio, até que a ouviu dizer a Suzy que estava vendo vultos.

Nesse período, Helena passou a ser assombrada por um sonho persistente: andava por uma via escura, solitária, sentia um medo aterrorizante. Risadas ecoavam pelos becos. Logo viu uma luz bruxuleante a alguns metros. Uma neblina espessa a impedia de ver o que era com clareza. Aproximando-se, viu um luminoso em neon vermelho, com o símbolo chinês que aparecera em seus sonhos outras vezes. Uma porta estava aberta, iluminada, convidativa. Sentindo-se aliviada e segura, adentrou o ambiente. Nesse momento, acordava.

Sem entender o significado do sonho, a jovem sentia que estava sendo avisada de algo, mas o quê? Buscou na internet imagens de ideogramas chineses, porém, não encontrou o que via em seus sonhos e, acabou deixando para depois as interpretações.

Marília, nesse período, fazia suas orações com mais empenho, diariamente, sempre ao acordar e ao deitar-se. Passou a frequentar as reuniões públicas da casa espírita que gostava e raramente faltava. Os passes magnéticos a acalmavam, e sempre tinha à cabeceira da cama uma garrafa de água fluidificada. Retomou a realização do Evangelho no Lar, mesmo sem a filha, pois Helena nunca estava em casa e nem se importava com tal atividade.

Sem se cansar, Marília buscava o diálogo com Helena, que a tranquilizava sem contar detalhes de sua vida, dizendo apenas que estava tudo bem e só ia dar uma "saidinha". A mãe, porém, mais de uma vez ouviu a filha vomitando no banheiro, tarde da noite, após chegar de mais uma saída com o namorado.

Numa noite em que viu a filha chegar cambaleante, Marília, fora de si, foi até ela.

— Helena! Minha filha! O que está fazendo da sua vida? — perguntou segurando a filha pelo braço. — Está embriagada, fedendo a bebida! Mal consegue ficar em pé. Pensa que não a ouvi, quando abriu a porta com dificuldade? E agora a encontro assim, andando apoiada às paredes da casa. É uma cena deprimente!

— Mãe? Pensei que não estivesse acordada uma hora dessas — respondeu com a voz pastosa. — Acho que exagerei...

— Como não estaria acordada? Todo o prédio deve ter ouvido você chegar rindo acompanhada desse rapaz irresponsável!

Helena, então, notou que a mãe não estava para brincadeiras.

— Tudo bem, mãe, me desculpe — disse fracamente a garota.

— Não precisa se desculpar. Mude de vida, filha. Esse rapaz não presta para você, não percebeu ainda? Você piora a cada dia, como vai viver e trabalhar dessa forma? Você não dorme nem come direito, mal a vejo em casa! Agora vá se deitar, está péssima.

***

No dia seguinte, Marília tornou a procurar a filha para lhe fazer mais apontamentos e, abrindo ruidosamente a cortina do quarto, a acordou bruscamente.

— Mãe! O que é isso? — assustou-se Helena com o barulho da persiana sendo aberta e o sol inundando o quarto e ferindo seus olhos.

Quando Helena conseguiu discernir o que acontecia, viu a mãe à sua frente, encarando-a severa.

— Hora de acordar! Só isso. Sabe que horas chegou ontem?

— Não, não sei... — respondeu Helena, protegendo os olhos com a palma das mãos e tentando manter o controle.

— Três da manhã, filha... Três da manhã! — disse Marília subindo o tom da voz. — Helena, você não é mais criança, parou para pensar nisso? Não pensa na sua saúde, nas suas responsabilidades? Até este quarto está fedendo a bebida!

— Mãe... Realmente não sou criança. Sabe que dou duro e tenho uma vida para tocar... Acho, inclusive, que passei da idade de dar satisfações a você sobre onde fui, para onde vou ou com quem estive. Talvez seja hora de morarmos em casas separadas, o que acha? Já que se sente tão incomodada — disse Helena, demonstrando calma, embora estivesse a ponto de gritar.

— Não, não estou incomodada, não é isso... Em primeiro lugar, você não tem o direito de viver sem me dar satisfações, afinal, você mora neste apartamento e daqui ainda

73

sou a dona. Em segundo lugar, não quero controlar sua vida, mas me preocupo porque você é minha filha! — disse Marília, sentindo-se angustiada sob o peso da chantagem disfarçada que Helena lhe lançou, que poderia fazê-la perder as rédeas da vida da filha de uma vez, já que estaria fora do alcance dos seus olhos.

Mantendo posição firme, apesar de intimamente abalada, encarou Helena por mais alguns segundos, fazendo com que a moça desviasse olhar. Notando que a filha fraquejara, relaxou um pouco mais.

— Vá se aprontar, está péssima. O café está na mesa — disse a matrona, saindo do quarto e fechando a porta bruscamente, fazendo tremer até as janelas do ambiente.

Sentindo-se atingida por uma vertigem, Helena, confusa, não entendeu o que houve. Não parecia ela que falara aquelas coisas e não entendeu os próprios impulsos, além de mal lembrar-se do que fizera na noite anterior.

Capítulo 16
TRAGÉDIA

Na semana em que Marília fez seus exames e, mesmo sem estar com os resultados em mãos, marcou o retorno ao médico, apesar de as dores não incomodavam a senhora a ponto de tirar-lhe a capacidade de viver normalmente, inclusive continuou sua caminhada diária e o trabalho no shopping durante a tarde.

Helena reduzira suas saídas noturnas, dividindo equitativamente seu tempo livre entre a casa, suas amigas e o namorado, o que já era um progresso, tendo em vista o que aprontara recentemente. A imagem do ideograma chinês não lhe saía da mente, e, embora não soubesse seu significado, parecia ser um presságio de uma mudança em sua vida.

Marília admirava a energia da filha. Como conseguia forças para tanto? No entanto, se pudesse lançar um olhar mediúnico sobre as sombras que cercavam a filha, veria inúmeros espíritos enegrecidos insuflando-lhe forças extras para cumprir com seus compromissos viciosos, e ela alimentava todas essas inteligências desencarnadas que, em contrapartida, dela se aproveitavam.

Repetindo os erros do passado, Helena e Lucas encontravam-se, desfrutavam da companhia um do outro e depois se distanciavam por alguns dias. Quando sentiam saudades um do outro, encontravam-se novamente, sem compromisso e sem fidelidade, apenas para satisfazer desejos irracionais.

Gostavam um do outro, mas não sentiam entre si uma reciprocidade de pensamentos e objetivos de vida. Eram livres e assim queriam continuar.

Numa dessas noites de diversão, uma forte chuva fez com que Helena se atrasasse mais do que o habitual. Olhando pelo retrovisor do carro enquanto dirigia seu carro de volta para casa, agradeceu a tormenta, pois pelo menos a mãe não a ouviria com o som do aguaceiro pesado e dos trovões que ribombavam de tempos em tempos.

Desceu do carro e foi direto para as escadas, com medo de que alguém a acompanhasse no elevador, mesmo à 3h30 da manhã. "Abusei hoje, mas foi tão bom!", pensou, "mas a partir de amanhã me endireito".

Entrou em casa sorrateiramente e foi direto para o banheiro. Olhou-se no espelho calmamente. Os cabelos estavam desgrenhados. Olheiras profundas marcavam sua face e a maquiagem havia se espalhado além dos limites delineados. Helena usava um vestido curto e decotado.

Antes de tomar um banho, foi pé ante pé ao quarto da mãe ver como ela estava, mas um susto quase a derrubou. O aposento estava vazio. Acendeu a luz para ter certeza do que via e notou que a mãe nem desarrumara a cama.

Julgando que Marília estivesse em outro cômodo do apartamento, foi até seu próprio quarto, esperando que a mãe houvesse cochilado lá a esperando, mas nada. Sua cama estava intocada.

Helena, apavorada, vasculhou em todos os cômodos e algo a intrigou. No chão da sala havia um copo quebrado e água espalhada pelo piso. "Minha mãe não se dignou a limpar essa bagunça", pensou.

Foi então que a garota, que naquele momento tinha o raciocínio mais lento do que o normal, atentou para o fato de que algo pudesse ter acontecido à genitora. O efeito do álcool passava sob o da adrenalina que subia a níveis cada vez maiores em seu sangue. Buscou o celular, mas viu que estava descarregado.

Ligou o aparelho na tomada e o reiniciou tão rápido quanto pôde. Logo, constatou nove ligações não atendidas da mãe e mais três de um número desconhecido. Retornou as ligações da mãe, mas o aparelho estava desligado e, apesar da hora avançada, ligou no número desconhecido na esperança de que talvez estivesse associado ao sumiço da mãe.

Pareceu ouvir um telefone tocando ao longe, chamando algumas vezes. Enfim, a ligação foi atendida após alguma insistência.

— Alô? — atendeu uma voz sonolenta.

— Alô, meu nome é Helena e meu aparelho registrou três chamadas desse número... — disse titubeante.

— Helena? Filha da Marília? Ah, Meu Deus fui eu mesma quem te ligou.

— Sim... Houve alguma coisa? É sobre minha mãe? Cheguei em casa e ela não está...

— Ora, tentamos falar com você mais cedo, onde estava? Por que não atendeu?

— Estava sem bateria... Só vi que havia descarregado agora... Quem fala?

— É Silvia, sua vizinha. Sua mãe está no hospital, fomos nós quem a levamos. Você está com ela?

— Não... Nem sabia... Como eu disse, meu aparelho celular descarregou e, quando cheguei, vi que a casa estava vazia. Em qual hospital ela está? — perguntou com uma voz pastosa e sem vida, mal acreditando no que acontecia.

— Hospital Maria Inês... Helena, você está bem? Chegou agora em casa?

— Muito obrigada!

Helena desligou o telefone, em pânico. "Hospital? Minha mãe não está bem, terá morrido? O que aconteceu em minha ausência?", e com a cabeça fervilhando de questões, chamou um táxi por medo de dirigir no estado em que se encontrava, um misto de pânico e embriaguez. Sem pensar em nada, foi direto ao hospital.

Helena adentrou a emergência em estado deplorável. Inicialmente, julgaram-na uma meretriz enlouquecida perambulando pelas madrugadas que, sob o efeito de drogas, procurava algum trocado ou outro tipo de assistência. Como ela mesma relataria posteriormente, guardou poucas lembranças da fatídica noite.

Chorando nervosamente, entrou descalça no hospital, aos berros.

— Minha mãe está aqui! Preciso falar com ela! — Helena atravessou o saguão gritando, o que chamou a atenção imediata de um dos seguranças que fazia o plantão noturno.

— Senhora, não pode ir entrando assim... Acalme-se!

O homem colocando-se à frente da moça. Ignorando-o, Helena continuou a gritar:

— Marília! Preciso encontrar Marília!

Logo, foi detida pelo braço. Agitou-se na tentativa de desvencilhar-se, porém, foi arrastada para fora. Uma fina chuva caía.

Mesmo irresoluto, o agente de segurança quis dar mais uma chance à jovem que, desequilibrando-se alcoolizada, ajoelhou-se no chão molhado.

O rapaz teve pena da garota e torceu para que ela voltasse a si, antes que precisasse chamar a polícia.

— Moça, acalme-se, por favor — disse firme. — Aqui é um hospital, portanto, precisamos manter silêncio. Também não podemos deixar que entre nesse estado em que se encontra. Acalme-se.

Limpando as lágrimas que borravam ainda mais seu rosto, Helena suspirou e buscou falar calmamente.

— Desculpe... Estou mais calma agora... Perdi a razão. Minha mãe está lá dentro, não sei se está morta ou internada. Cheguei há pouco em casa e peguei o recado.

— Se prometer se comportar, pode entrar e dirigir-se ao guichê de atendimento, mas só se estiver com seus documentos. Lá dentro tem um banheiro. Lave o rosto, recomponha-se e ajeite sua roupa, está toda descoberta.

Voltando a si, envergonhada, Helena levantou-se apoiando-se na parede do prédio. Ajeitou o vestido que usava e, calmamente, entrou pela ampla porta de vidro. O segurança a acompanhava com o olhar. A jovem entrou no banheiro e olhou-se: "Uma garota de programa drogada, ao fim de uma noite, estaria em melhores condições que eu", pensou. Lavou o rosto e ajeitou os cabelos. Infelizmente, não trouxera sapatos, nem sandálias, nem um casaco com que pudesse cobrir-se. "Como pude sair descalça? Que loucura a minha!", refletiu.

Achou algumas balas na bolsa e pôs na boca, buscando disfarçar o cheiro de álcool que exalava de seu hálito. Limpou os joelhos sujos de lama e secou-se como pôde. Respirando fundo, foi caminhando até a atendente da madrugada. Uma combinação de ar-condicionado gelado, cabelos e vestido molhados faziam Helena, que já tremia de nervosismo, tremer de frio também. Nervosamente, revirou a bolsa à procura do documento de identidade, entregando-o trêmula.

— No que posso ajudá-la? — perguntou a funcionária do hospital, sorridente. Observando a bela jovem que sentava à sua frente, notou que era a mesma que havia poucos minutos entrara desgovernada pela porta, gritando loucamente.

— Procuro minha mãe, me disseram que está aqui. — disse Helena, esforçando-se ao máximo para manter-se equilibrada, embora as lágrimas teimassem em escorrer por sua face.

— Um instante que vou verificar — respondeu calmamente a plantonista enquanto acessava os arquivos no computador. E, após uma rápida pesquisa, logo deu a resposta que Helena, na verdade, não queria ouvir.

— Sim, ela está internada. Teve um desmaio e foi trazida há algumas horas. Deu entrada um pouco depois da meia-noite.

Olhando o relógio, Helena viu que já eram 4 horas da manhã.

— Preciso vê-la! — disse a moça voltando a chorar. — Por favor...

A atendente pensou por um instante, por fim, disse em tom consolador:

— Eu entendo como deve estar se sentindo, mas é importante que você esteja bem para cuidar de sua mãe. Ela está ótima, está medicada e dormindo. Volte para casa, recupere-se, descanse e retorne amanhã cedo. Para o bem de vocês duas.

A jovem pensou em argumentar, contudo, ao olhar-se, concluiu que até sua mãe talvez se assustasse ao vê-la desajeitada como estava. Podia imaginar os que as pessoas estavam pensando dela e achou melhor ir embora. Envergonhada, concordou, agradeceu a atendente e, aproveitando um táxi parado à porta do hospital, retornou para casa.

Helena estava terrivelmente cansada. Chorou durante todo o percurso, maldizendo-se, amaldiçoando a própria vida. Orou, rogou forças e orientação. Prometeu cortar laços com as amigas e o namorado. Quis mudar de cidade, recomeçar em outro lugar. Foram longos minutos nos quais a jovem fez planos insanos. Pediu perdão a Deus, fazendo inúmeras promessas pela recuperação da mãe.

Foi um longo trajeto.

Capítulo 17
RECOMEÇO

Helena chegou em casa, tomou um banho e deitou-se exausta. Dormiu chorando, sentindo-se a pessoa mais desprezível da Terra. Poucas horas depois, acordou, arrumou-se o melhor que pôde e saiu apressada para o hospital.

No caminho, teve vontade de comprar flores para a mãe. Lembrou-se das que ela gostava e, achando estacionamento nas proximidades da floricultura, foi andando a pé o restante do percurso.

Imersa em pensamentos, foi despertada por alguém que a chamava. Em frente a uma loja de decoração oriental, uma sorridente garota chinesa acenava convidativa.

— Bom dia! Não quer conhecer melhor a cultura chinesa?

— Cultura chinesa? — perguntou confusa.

— Sim, venha, entre! — disse a garota apontando a vitrine da loja.

Foi então que algo a fez parar. Tudo aconteceu em câmera lenta. Assustou-se ao ver exposta na vitrine a luminária que replicava justamente aquele símbolo misterioso que vira em seus sonhos. Em sua mente, o onírico ideograma foi passando na forma de um pendente, de um quadro numa parede, de um luminoso...

"É ele", pensou, "é o mesmo desenho, tenho certeza!". E, entrando na loja, foi recepcionada pela simpática adolescente.

— A senhorita busca algo especial?

— Bom dia... — disse entrando e passando os olhos por toda a loja. Encaminhou-se na direção da peça que despertou seu interesse e a segurou entre as mãos.

— Gostei desta luminária — falou observando cada detalhe, achando-a encantadora. — O que significa este símbolo?

— Ah, eu tinha certeza de que se interessaria por alguma coisa! Isso é *Shuangxi* — disse a menina sorridente. — Linda, não é?

— Desculpe, não entendi...

— *Shuangxi*... É o *chi* da felicidade. Porém, não felicidade normal. É felicidade especial, dupla. Por isso, tem dois desenhos iguais, um do lado do outro, dois *chis* da felicidade. Entende?

Achando a cultura chinesa muito complexa, quis saber mais detalhes.

— Ainda não entendi direito. Sua cultura é bem distinta — disse, fazendo a adolescente rir.

— Tem uma história antiga. Wang Anshi queria ser um discípulo imperial. No dia do seu casamento, ele recebeu a notícia de que tinha sido o primeiro colocado nos exames imperiais. Daí ele desenhou um *chi* do lado do outro, para representar a dupla felicidade. O desenho representava a felicidade de ele estar casando com sua amada e a felicidade de ter sido aceito como discípulo. Muitos casamentos na China usam esse símbolo.

— Nossa, que chique! Tanta história dentro de um simples símbolo.

— É usado para expressar felicidade no amor e na profissão, por exemplo.

— Uau! Pra quê coisa melhor, né? — E riram. — Vou levar, senti boas vibrações e acho que essa luminária vai me dar muita sorte!

Despedindo-se da simpática garota chinesa, Helena foi até a floricultura, comprou flores e correu para o hospital. Não parou de pensar no significado daquele símbolo. "O que queria dizer, afinal? Felicidade profissional acho que já tenho... mas e a felicidade no casamento? Será que vou me casar com Lucas, ou ele só está me atrapalhando a encontrar meu verdadeiro amor? Será que é um aviso de que me falta a felicidade verdadeira na vida amorosa?". E com a cabeça repleta de questões, Helena adentrou o saguão do hospital.

Desta vez, não foi difícil para a garota entrar. Seria a acompanhante da mãe. Subindo ao apartamento, entrou calmamente, extremamente constrangida por não ter estado junto da genitora na noite anterior. Não esperava uma reação amigável de Marília, portanto, sabia que deveria resignar-se.

No entanto, ao entrar no apartamento, a mãe dormia. Sentou-se no sofá, pôs as flores em cima da mesa e ficou sem saber o que fazer. Pacientemente aguardou. Por fim, cochilou recostada onde estava. Acordou quando ouviu seu nome.

— Helena?

— Sim? — ouvindo seu nome, sem entender bem por quem, respondeu, abrindo os olhos e emergindo de pesado sono. Viu sua mãe olhando-a sonolenta. Rapidamente levantou-se e foi até ela:

— Mamãe! Como está se sentindo?

Na verdade, Marília não sabia ao certo como estava se sentindo. Desde a noite anterior não sabia direito o que havia acontecido. Recordava-se de que sentira uma dor abdominal forte, teve uma vertigem, tentou ligar para a filha, mas sem sucesso. Buscando auxílio dos vizinhos, saiu de casa. Não se lembrava do que acontecera depois.

Com os olhos cheios de lágrimas, Helena pôs a mão da mãe entre as suas.

— Helena, o que houve comigo? — perguntou a mulher, pouco expressiva.

— Mamãe... Ia te perguntar a mesma coisa...

E ambas sorriram. A reação da mãe a surpreendera. Acreditava que seria recebida com rechaço e crítica. Mas, ao contrário de suas expectativas, sua mãe ignorava os detalhes da noite anterior. Outras coisas importavam mais naquele momento. Respirando fundo, Helena continuou conversando.

— Ontem fiquei enlouquecida, mãe. Meu aparelho celular descarregou e, quando cheguei em casa, você não estava. Vi que havia chamadas suas e outras de um número desconhecido. Liguei para você, seu celular estava desligado. Liguei para o outro número, e Sílvia, nossa vizinha, atendeu. Foi quando fiquei sabendo que você estava aqui, ela a trouxe. — Helena explicou para a mãe rapidamente. — Vim para cá correndo. Tentei vê-la de todas as maneiras, quase fui presa por enfrentar o segurança, mas não me deixaram entrar.

— Sílvia me trouxe? — perguntou Marília, ligeiramente incrédula. — Não me recordava disso. Eu estava com tanta dor ontem.

— Mas agora você está aqui, e está tudo bem. Graças a Deus tudo correu bem, e você foi atendida rapidamente.

Conversaram um pouco mais até que um médico entrou no quarto. Educadamente, ele apresentou-se e disse que levaria Marília para uma série de exames. Falou sobre o quadro de dor que ela tivera na noite anterior e sobre o médico ter lhe medicado e optado pela internação para exames e observação.

O médico ergueu a blusa que Marília usava e apalpou seu abdome.

— Sente dor aqui? Está um pouco inchado.

— Um pouco. É uma dor tolerável.

— Consegue andar?

— Acredito que sim.

Os exames seriam realizados naquela manhã. O doutor explicou para mãe e filha sobre o procedimento, e que poderiam ser feitos no próprio hospital. Inicialmente, Marília realizou os exames de sangue e ultrassom. Em seguida, foi solicitada uma tomografia com biópsia.

Helena mostrava-se preocupada com a quantidade de exames. O médico procurava algo sem revelar-lhes exatamente o quê.

Algumas horas depois de realizarem todos os procedimentos, as duas retornaram ao quarto para aguardar o diagnóstico. Silenciosamente, Helena orava para que tudo corresse bem com sua mãe. Como Marília não teria alta tão cedo, a filha se dispôs a comprar frutas e algumas coisas para o período em que a mãe estivesse internada.

No caminho, Helena foi repassando mentalmente os acontecimentos dos últimos meses. Ela não era o tipo de mulher que sentia culpa facilmente. Era jovem, precisava viver um pouco: "aproveitar a vida enquanto tinha tempo, saúde e dinheiro", pensava como muitos jovens. "Depois, vem marido, filhos e adeus à liberdade", justificava seus desatinos com argumentos superficiais e de origem duvidosa.

Veio à sua mente a imagem do duplo *chi*, a dupla felicidade, e passou a imaginar se aquilo não era um aviso, uma premonição ou algo do tipo. Felicidade no amor e no trabalho. "Será?", pensou, "com certeza não é aquele doido do Lucas" e riu sozinha.

Já no supermercado, desatenta e perdida em pensamentos, não viu um carrinho de compras à sua frente e bateu estrondosamente, desequilibrando-se com o choque e quase caindo. Rapidamente uma mão masculina segurou-a firmemente e a auxiliou a reequilibrar-se.

— Desculpe! — disse a jovem envergonhada. — Ando tão desatenta ultimamente, nem sei onde estava com a cabeça!

Um homem sorriu. Era bonito, alto e muito simpático, com cabelos levemente grisalhos.

— Tudo bem. Machucou-se?

— Não... Não... — respondeu Helena num misto de constrangimento e admiração. Sorrindo, despediu-se do homem agradecendo a atenção, mas sem deixar de olhar profundamente em seus olhos por alguns segundos.

Foi como se o tempo parasse. A mais poderosa troca de olhares que teve com alguém. Imaginou que estava ficando louca.

Um tanto confuso, o homem perguntou mantendo firme o olhar:

— Conheço você de algum lugar?

Gaguejando, a jovem tentou responder:

— Acho que não... Não tenho certeza, será que o conheço? — balbuciou apertando os olhos e fingindo estar pensativa.

Riram. A simpatia entre ambos foi imediata.

Despedindo-se novamente meio desajeitadamente, Helena notou o nome Marcos César escrito no crachá de identificação que o rapaz trazia no peito.

A moça continuou suas compras, pensando, um pouco mais sorridente do que antes: "dupla felicidade, hein? Talvez não seja um sonho tão distante assim".

Capítulo 18
PROVAÇÃO

Helena não acreditava no que ouviu do médico. À medida que o especialista ia falando, a jovem ia se desligando da realidade. "Não é possível", pensava, ignorando as explicações direcionadas a ela.

Chamada em particular, assim que os resultados ficaram prontos, Helena soube que a biópsia comprovara que sua mãe desenvolvera um câncer no pâncreas, e seu estado estava avançado.

As chances de Marília ser curada eram pequenas, porém, poderia ter uma sobrevida maior se optasse pela radioterapia, já que, devido à hipertrofia do órgão enfermo, não poderia ser retirado. A radioterapia poderia reduzir a proliferação celular desenfreada e minimizar as dores causadas pelo tamanho anormal do pâncreas, que pressionava os outros órgãos internos.

Esse era um resumo da situação de Marília, e a notícia caiu como uma bomba no colo de Helena.

— Doutor, quando o senhor fala em chances pequenas, do que está falando?

— Falo que não há cura certa... Mas que talvez possamos estender a vida de sua mãe por mais algum tempo.

— Tempo? O que quer dizer com tempo? Meses? Anos?

— Não podemos afirmar com certeza — disse o médico, sério.

— Doutor... De onde veio essa doença? Como pode surgir assim, sem aviso?

— Ora... Não há um método totalmente eficaz para se rastrear a origem dessa doença. Mas dona Marília é ex-tabagista, e isso nos dá uma grande pista. O cigarro, assim como o álcool, a obesidade, a má alimentação, entre outros maus hábitos, são fatores de risco para o desenvolvimento de centenas de doenças. Digamos que são estopins que, ao sobrecarregarem o organismo intoxicando-o, podem ativar certas tendências genéticas ou modificar o funcionamento de algumas células.

Calada, Helena ouvia as observações do médico, tomando para si as explicações sobre a enfermidade da mãe.

— Me vem à mente que seu pai tendo sofrido um infarto e sua mãe desenvolvido um câncer, posso lhe afirmar que seu histórico familiar não é dos mais otimistas. Quantos anos você tem? Pergunto isso com a melhor das intenções e não baseio minha opinião em crenças pessoais, afirmo isso com base em dados estatísticos. Por causa do cigarro, sua mãe entrou para um grupo de risco. No caso dela, a enfermidade tornou-se realidade.

Parecia que o médico sabia dos desequilíbrios íntimos da moça. Se Helena pudesse enxergar o que estava além do mundo material, veria que bons amigos a auxiliavam naquele instante. No Mundo Maior, Jonas inspirava mentalmente o médico a falar-lhe sobre tão importante assunto.

Ao mesmo tempo, Áulus e Vanessa aplicavam passes reconfortantes na jovem, para que se estabilizasse um pouco mais emocionalmente e pudesse ouvir tudo o que o médico falava.

Durante mais alguns minutos, Helena e o oncologista conversaram sobre vários assuntos relativos à situação de Marília. Não havia saída fácil. A jovem, que sempre fora uma exímia administradora quando se tratava de negócios, teria agora de administrar uma nova e dolorosa situação em sua vida pessoal.

Uma hora antes, a pedido do médico, Helena saíra para buscar os exames, solicitando que a mãe ficasse quieta no quarto. Marília sentia que não estava muito bem. Tocando-se, notou o inchaço no abdome. Seu estado físico entregava que algo lhe acontecia. Então, quando viu a garota e o oncologista entrando no quarto, não esperava boas notícias.

A tarefa de explicar ao paciente que ele talvez não sobreviva à enfermidade que o aflige é sempre árdua para o médico. Contar a Marília que ela havia desenvolvido um tumor no pâncreas foi como dar-lhe um atestado de óbito antecipado. Não era uma mulher ignorante, pelo contrário, tinha estudo e bom nível de conhecimentos gerais. Ela sabia, de antemão, que as chances de cura eram mínimas.

De certa forma, o conhecimento a respeito da enfermidade facilitou as explanações posteriores do médico. Helena ouvia novamente as explicações, segurando a mão da mãe. As lágrimas brotavam em seu rosto. Sentia-se péssima. Marília, no entanto, apesar do semblante triste, não apresentou desespero nem revolta. Não deixou cair uma lágrima sequer e a tudo ouviu silenciosa.

Áulus, mais uma vez próximo ao oncologista, o inspirava no que ia dizer de modo que pudesse ser o mais gentil possível na escolha das palavras e, assim como fizeram com Helena, os dois assistentes distribuíam grandes eflúvios de energia à enferma.

Após as longas explicações médicas sobre o caso, que Marília fez questão de ouvir, o oncologista esclareceu-lhe várias dúvidas, no entanto, a senhora tinha uma opinião muito pessoal sobre como seguiria com o tratamento.

— Eu entendo a importância do tratamento, doutor, porém, se irei morrer de qualquer forma, não tenho intenção de me sacrificar submetendo-me a terapias dolorosas ou agressivas, que só adiariam meu fim, sem conservar a mínima qualidade de vida. Essa é minha opinião.

O médico mostrou-se impassível perante a afirmação da mulher, já que havia passado por essa situação outras vezes, e cada paciente esboçava uma reação diferente, porém, Helena assustou-se imensamente com a posição da mãe. Buscando evitar demonstrações de exaltação, tentou argumentar:

— Mas a vida é sagrada, mãe, precisará lutar com todas as suas forças. Não pode largar o tratamento só porque se incomoda com os efeitos colaterais. Quantas dificuldades enfrentamos diariamente? É nosso dever nos manter de pé, prontas para mais uma jornada diária.

— Ora, Helena, quer adiar o inevitável? Me obrigar a lutar uma batalha já perdida? Deixo essa situação nas mãos de Deus.

— Ora, mãe, muito me admira logo você falar assim. Eu também vou morrer, sabia? Todos nós vamos. Nem por isso penso em deixar de me cuidar.

O assistente Áulus notando a polêmica situação em que se encontravam, questionou Jonas sobre o caso.

— Não tiro a razão do médico. Mas entendo Marília. Como conciliar pontos de vista tão divergentes em certos aspectos? — perguntou Áulus, confuso.

— Com certeza há muito sobre o que refletir. O oncologista, corretamente, prioriza a vida do paciente. Nesse caso, utilizará de todos os conhecimentos médico-científicos disponíveis para prolongar a vida de Marília. Ele busca cumprir seu papel da melhor forma que acredita ser possível.

— Mas a que custo? Será um tratamento moroso e doloroso. E para quê?

— Cuidar da manutenção da vida é dever de todos nós. O médico indica a Marília, dentro de seus conhecimentos, a melhor forma de cuidar-se. No momento, ele é a autoridade mais competente no assunto. Cabe a ela seguir as prescrições médicas, pois a medicina terrena atua sobre bases sólidas — pesquisas e comprovações práticas —, que funcionam na grande maioria dos casos. Marília não tem por que duvidar. No entanto, ela possui um ponto de vista pessoal sobre esse assunto e não hesitará em abandonar o tratamento caso perceba que seus resultados são questionáveis. O que é uma temeridade, já que se cabe à medicina intervir a favor da vida, cabe também a cada um de nós os deveres naturais que nos competem à manutenção de nossa própria existência.

"Quantos casos conhecemos de pacientes desenganados pelos médicos e que de alguma maneira conseguiram reverter diagnósticos? Cabe à medicina fazer o melhor dentro de suas limitações, mas só a Deus cabe julgar o momento de retorno à pátria espiritual. Cada segundo de vida é sagrado."

Um pouco entristecidos, Áulus e Vanessa mantiveram-se introspectivos por alguns instantes, até que ela quis expor o que pensava da situação:

— Por abusar da saúde, Marília colhe o que plantou, e seu organismo desperta como o cerne de dolorosa provação. Seu organismo estertora inexoráveis predisposições genéticas. Esse é um caminho que Marília precisa trilhar, mas não significa que seus desafios não possam ser abrandados. Entendo melhor agora as palavras de Jesus, quando afirma: "Vinde a mim vós que estais cansados e sobrecarregados, e eu vos aliviarei".[1] Analisando essa máxima, vejo que o Cristo em momento algum prometeu cura, porém, alívio. Mas acredito que possa existir uma cura, não física, mas espiritual, e que cabe somente a cada um empreendê-la, aprendendo com as lições que a vida nos apresenta.

— A lei de causa e efeito não pode ser derrogada — finalizou Jonas, feliz por seus pupilos terem entendido a lição que lhes era revelada.

Após ser medicada, Marília recebeu alta. Devido à insistência de Helena, a mulher aceitou além dos medicamentos, receber doses quase diárias de radioterapia. O hospital oferecia atendimento psicológico durante o tratamento, mas mãe e filha dispensaram a oferta, momentaneamente, e foram direto para casa.

---

1   Mateus 11:28

Capítulo 19
CONTINUIDADE

Na residência de Marília e Helena, o clima era de total desalento. Uma espécie de ressaca moral abatia as duas mulheres, cada uma estava imersa em seus pensamentos. Helena sentia-se culpada porque, apesar de passar todas as tardes com a mãe e conversado muito sobre todos os assuntos, não a incentivou a se consultar com mais frequência e nem deu muita importância, quando ela reclamou de dores abdominais pela primeira vez. Depois, passou a pensar que se estivessem frequentando o centro espírita com assiduidade, quem sabe não poderiam ter sido avisadas de alguma forma? Ou quem sabe os passes magnéticos e o consumo de água fluidificada não poderiam ter contido o avanço do câncer ou quem sabe ter sido diagnosticado ainda em seu início. E os pensamentos de Helena perdiam-se na esfera "do que poderia ter sido e não foi", em um doloroso e interminável círculo vicioso.

Marília, por sua vez, resignava-se. Ao contrário de Helena, mirava o futuro. Menos preocupada consigo, pensava no que seria da filha em sua ausência. Havia muito o que organizar e queria fazê-lo o mais rápido possível, antes que a enfermidade e o tratamento esmagassem suas forças.

Mesmo a distância, Áulus percebera que os eflúvios que distribuíram foram muito bem absorvidos por Marília, mas nem tanto por Helena. Tinha medo da jovem absorver-se em culpa íntima, deixando a monoideia dominar-lhe. Rogou a Deus que desse sabedoria à jovem. Notando a preocupação do assistente, Jonas intercedeu cauteloso.

— Entendo suas preocupações, Áulus, e por isso recomendo-lhe paciência nesse momento crítico. As provações de Marília e Helena mal começaram. Marília, a meu ver, está bem amparada, tendo conquistado uma vida financeira estável ao lado da filha, sócia e empreendedora, e que também poderá auxiliá-la nos cuidados domésticos. Com a enfermidade vieram também as condições necessárias para seu tratamento, e ela poderá cuidar-se adequadamente em tempo integral. Vejo que tudo está acontecendo no devido tempo.

E o espírito continuou sua explicação:

— No entanto, para Helena estão reservadas provações igualmente desafiadoras. Nos próximos dias, estará envolvida nos cuidados com a loja, sem o apoio da mãe. Terá que assumir contratos com fornecedores e a compra de mercadoria, que até então era tarefa de sua mãe. Além disso, Marília precisará de cuidados extras, principalmente quando iniciarem as sessões de radioterapia e se intensificarem os efeitos dos medicamentos. As dores serão atrozes.

E continuou:

— Helena verá seu tempo livre esgotar-se, e suas forças serem exigidas ao máximo. Além disso, seu estilo de vida mudará. Como administrará as amizades e os relacionamentos amorosos? Terá equilíbrio para abrir mão das diversões e dos passeios a que está acostumada em troca de uma disciplina militar no cuidado com os negócios e a saúde da mãe? A jovem se perderá em meio à turbulência pela qual passará, e dessa crise surgirá uma nova Helena. Mas não foi esse o ensinamento do Cristo, "aquele que quiser salvar sua vida, perdê-la-á" [2]? A jovem está na trilha da redenção, caminhando para fazer as pazes com seu íntimo e preparando para si um futuro glorioso, caso saiba administrar as surpresas que a vida lhe ofertar. — Jonas concluiu.

---

2   Marcos 8:35

E não tardou para que a rotina de mãe e filha mudasse completamente. Durante cinco dias na semana, Marília deveria passar por sessões de radioterapia, que aliadas aos fortes medicamentos que tomava, causavam-lhe mal-estar. No entanto, as dores diminuíram. Não havia solução perfeita. Em alguns dias, Marília parecia ótima, quase recuperada e, em outros, parecia vencida pelo peso da enfermidade. Entre altos e baixos seguiram em frente.

Logo Helena percebeu que não daria conta de tudo sozinha e precisou investir. Contratou mais auxiliares para a loja e uma empregada para os afazeres domésticos, que também fazia companhia para Marília. As limitações financeiras vieram naturalmente, mas não interferiram na qualidade de vida de ambas. Na ponta do lápis, foram necessários cortes dos supérfluos mais dispendiosos, e as maiores contas vinham dos excessos da própria Helena, com roupas, passeios, jantares, festas, shows e gastos similares.

Apesar de estar cuidando muito bem de tudo, a jovem por dentro cultivava uma ansiedade sem limites. Era uma bomba-relógio prestes a explodir. Se por um lado não lhe faltava disposição para o cumprimento das responsabilidades diárias, por outro, faltava-lhe a fé no futuro e em si mesma.

Helena sentia falta da vida boêmia e acompanhava a programação de eventos para contabilizar o quanto estava "perdendo". Explicou às amigas os problemas pelos quais estava passando, e elas mostraram-se solícitas e foram visitar a amiga e a mãe enferma algumas vezes. Lucas havia se tornado uma lembrança distante, deixando de procurá-la após ela recusar alguns de seus convites. "Melhor assim, não tenho tempo nem para mim, que dirá para homem que não quer nada sério", pensava entristecida.

Marília não ignorava que a filha estivesse sobrecarregada. Orava sempre ao acordar e antes de dormir. Realizava normalmente o Evangelho no Lar, e era visitada pelos amigos espirituais que buscavam renovar-lhe as forças. Logo, passou a exigir que Helena não só participasse do momento de oração, mas também a levasse à casa espírita semanalmente.

No início, a filha torceu o nariz. "Mais compromissos? Assim quem adoece sou eu", pensou. Mas, após algumas semanas de insistência, acabou cedendo e levou a mãe ao centro espírita, acompanhando-a durante uma das reuniões públicas.

O ambiente especialmente preparado pela equipe espiritual era propício ao refazimento físico e espiritual. A música instrumental era favorável à meditação, e no ar permeavam fluidos balsamizantes que eram absorvidos pelos que se mostrassem sintonizados com tais energias sutis.

Naquela noite, adentraram o recinto. Marília estava frágil, segurando o braço da filha e andando cuidadosamente. Sentia-se muito diferente, com um lenço cobrindo a cabeça e, constrangida, mantinha-se cabisbaixa.

Helena lembrava-se de uma ou outra pessoa dali, mas conservava a certeza de que ninguém se recordaria dela. Mas, tão logo entraram, uma senhora de idade veio cumprimentá-las.

— Marília, que bom vê-la aqui! Esta é sua filha? Já é uma mulher feita! Como é linda. — E dirigindo-se a Helena, continuou: — Lembro-me de você pequenininha, de vestidinho, correndo aqui. Já se casou, minha filha, ou só cuida da mamãe?

Helena achou a senhora engraçada, tão falante que não deixava nenhuma das duas responder às suas perguntas. Por fim, a moça acabou respondendo suas questões apenas com sorrisos. Após a amável senhora, vieram outras que as cumprimentavam, contavam histórias, lembravam as inúmeras travessuras da filha de Marília.

Habituando-se ao ambiente da casa espírita e aos seus simpáticos trabalhadores e frequentadores, Helena sentiu-se mais à vontade. Logo distribuía sorrisos. Era natural na jovem a simpatia, a alegria, a facilidade de interagir com as pessoas. Naquele ambiente, não precisava manter a pose do dia a dia, nem impressionar ninguém. Não havia competição ou cobrança. Ninguém reparava nela. Não ligavam se era dona de uma loja, se estava maquiada ou não. Não ligavam para as etiquetas de suas roupas.

Naquela casa espírita, além de sua residência, era o único local onde Helena sentia que poderia ser ela mesma e isso a impressionou fortemente. Antes de a palestra começar, as luzes foram apagadas para a prece inicial. A mente da jovem encheu-se de belas recordações daquele local e, sob o efeito da prece edificante proferida por uma pessoa convidada, as lágrimas brotaram intensas.

A leitura inicial, extraída do capítulo quinto de Mateus era, por si só, bem significativa, uma cena em que Jesus subiu a um monte e foi rodeado por seus discípulos, na clássica passagem das bem-aventuranças.

A palestra, então, iniciou, despertando mil esperanças na plateia atenta. O orador parecia possuído de sublime magnetismo, e cada palavra sua parecia encher os corações de emoção. Helena nunca havia pensado sobre o significado das bem-aventuranças, um verdadeiro poema de amor direcionado aos sofredores, confiando-lhes a esperança de dias melhores.

Com voz firme, o orador narrou cenas comoventes das multidões a quem Jesus se dirigia, formadas pelos cansados e oprimidos pelo peso das provações e que, esperançosos, aguardavam o momento de melhoria evolutiva com o Cristo. Enfermos e derrotados da sorte, habitantes de aldeias importantes do lago enchiam as ruas de Cafarnaum em grupos ansiosos. Todos queriam o auxílio de Jesus, o benefício da sua poderosa virtude.

Helena despertou para um sentimento escondido em seu ser: a gratidão. Como era abençoada e como não costumava valorizar isso. Nunca deveria se sentir triste ou desamparada, nem mesmo pela enfermidade da mãe. O Evangelho era a boa-nova, a mensagem divina para os tristes e abandonados. "Nas derrotas é que as criaturas ouvem mais alto a voz de Deus", refletia Helena.

E Helena ouviu que Jesus elucidara ao apóstolo Levi[3] que só a esponja do tempo era capaz de absorver as imperfeições terrestres através de séculos de experiências, e

---

3   À época já conhecido pelo nome Mateus.

que na dor, na exclusão de todas as facilidades da vida, na incompreensão dos entes queridos, nas chagas e nas cicatrizes é que Deus acendia suas luzes na noite sombria das criaturas. Que amássemos os desafortunados!

A jovem, ao lado da mãe, deixava as lágrimas correrem. Inconscientemente, abraçou a mãe e se aconchegou ao seu lado, enquanto o orador falava da importância da proximidade entre as pessoas, de estarmos confortáveis quando formos conversar com nosso semelhante, para que nossa palavra seja ouvida com mais atenção, gerando melhor sintonia. Quando efetivamente falarmos, devemos nos lembrar de que a manifestação da palavra pode derramar profundas vibrações de consolação a quem nos ouve.

Dentre todas as lições que Helena recebeu naquela noite, uma marcou-a em especial, como uma lança a trespassar-lhe o coração: a importância da simplicidade de coração e da humildade de espírito; e que o ignorante possuidor dessas qualidades será mais abençoado que o sábio que acredita somente nas próprias capacidades. Parecia uma lição especialmente direcionada a ela, reforçada por outra em especial: a de que céu e inferno não seriam lugares físicos, mas estados de espírito, locais íntimos do ser.

Helena recordou-se do quanto havia sido vaidosa — e viciosa — em sua vida, não raro vazia e fútil, e sentiu-se um pouco incomodada e entristecida com essa constatação. Mas ouviu do orador que bem-aventurados os que choram porque serão consolados, e também da importância das lágrimas como catarse, mas nunca como manifestação de desespero, e esse entendimento como oportunidade de trabalho em benefício próprio e dos que sofrem, para as portas à vivência da caridade.

Já a poucos minutos do encerramento da reunião, o orador repassou a mensagem que talvez tenha causado mais impacto sobre a plateia: quando falou sobre as angústias, dores e frustrações aos que não conseguem ajustar-se ao bem, como resultado da lei de causa e efeito. Seriam, os sofredores de hoje, antigos infratores das leis divinas. Equivocados nas suas experiências passadas renasceriam oprimidos, cansados, famintos e sedentos da justiça divina, a fim de poderem reajustar sua caminhada evolutiva. E, ao mesmo tempo, aqueles agraciados com as dádivas da beleza, da saúde e do dinheiro, responsabilidades triplicadas no mundo e deveriam saber muito bem aplicar seus recursos em prol do bem comum.

E, num momento de grande intensidade, o orador ergueu a voz em tom grave:

— No entanto, a experiência, algumas vezes, chega um pouco tarde, quando a vida já foi desperdiçada e turbada; quando as forças já estão gastas e o mal sem remédio. Então, dizemos que se no começo de nossos dias soubéssemos o que sabemos hoje, quantos passos em falso teríamos evitado! Se pudéssemos recomeçar, tomaríamos outro caminho. No entanto, já não há mais tempo! Como o obreiro preguiçoso que perdeu o dia, também refletimos sobre nossa vida que se perdeu. Mas, assim como para o obreiro o sol se levanta no dia seguinte, permitindo-lhe reparar o tempo perdido, também para o homem, após a noite do túmulo, brilhará o sol de uma nova vida, em que lhe será possível aproveitar a experiência do passado e suas boas resoluções para o futuro.

A plateia, pasma, estava vidrada no homem à frente da tribuna. Helena, emocionada, olhava ao redor, vendo sorrisos iluminados por toda a parte. A mensagem havia cumprido seu papel, enfim.

Para Marília, em especial, as palavras do Evangelho trouxeram um consolo extra pelo período de grandes provações que estava passando. Ao fim, o clima de esperança era geral. Durante o passe coletivo, Helena sentiu seu corpo tremer, o coração acelerou e precisou respirar profundamente. Grandes doses de energia circularam pelo seu organismo.

Marília procurou sintonizar-se com as forças espirituais, absorvendo ao máximo as energias salutares. Ao saírem da sala de passe, tomaram uma pequena dose de água fluidificada e, às portas da instituição, ainda conversaram por alguns minutos com algumas pessoas. Helena viu a mãe sorridente e animada como há tempos não a via, e notou que aquele ambiente revigorava suas forças, fazendo-lhe muito bem. "Não haveria ali um desses tratamentos alternativos, tratamentos espirituais, de cura ou algo assim?", pensou.

Despedindo-se das companheiras, mãe e filha seguiram para o carro, quando Helena viu alguém especial, fazendo-a parar bruscamente. Era Marcos César, que saiu do centro espírita e entrou em seu carro. A moça ficou assustada com tamanha coincidência. Apesar de terem se visto apenas uma vez, no supermercado, o homem conquistou-lhe a atenção.

Ao entrar em seu carro e dar a partida, Helena pensou que deveria ir às reuniões do centro com mais frequência.

Capítulo 20
PESQUISA

Por volta de 21h40, Helena e Marília chegaram em casa. Fizeram um lanche frugal e, em poucos minutos, a matrona deitou-se para descansar. Helena, apesar do cansaço, sentia-se disposta e deitou-se para relaxar. Resolveu ligar a TV do quarto, enquanto o sono não vinha.

Marcos não lhe saía da cabeça. "Ele frequenta a mesma casa espírita que nós. Que coincidência", pensou, sem atentar-se que, na verdade, não existiam coincidências.

Pegou seu *tablet* e resolveu procurá-lo nas redes sociais. De início, frustrou-se. Marcos César era um nome muito comum. Esforçou-se para se lembrar do nome da empresa impresso no crachá, mas não conseguiu. Durante longos minutos, continuou analisando as fotos que via nos perfis e sempre que via alguém minimamente parecido, entrava para conferir.

Quando já pensava em desistir, viu uma última foto e resolveu entrar. Era ele. Imediatamente, entrou e passou a bisbilhotar suas postagens em busca de mais informações sobre a vida pessoal do rapaz. Fez um dossiê sobre ele com as coisas que já sabia: 1 – Tinha emprego; 2 – Possivelmente trabalhava próximo ao hospital onde a mãe estivera internada; 3 – Era espírita ou simpatizante; 4 – Estava sozinho na casa espírita, portanto, havia uma grande possibilidade de que fosse solteiro. E, como uma das primeiras coisas que Helena viu ao entrar na página de Marcos foi sua idade, acrescentou mais um item à sua lista: 5 – Tinha 42 anos. Acho-o um pouco velho, mas nada que quebrasse o encanto que sentira desde que o vira pela primeira vez.

Não eram muitas as informações, nem 100% confiáveis, mas formavam um ponto de partida promissor. Acompanhando suas postagens, não teve grandes surpresas. Marcos parecia muito normal na verdade. *Posts* na academia, em um clube (e nem sem camisa estava), em alguma viagem, em um curso, luto por alguém, piadinhas, vídeos variados, notícias sobre exportação, evento do trabalho, uma festa de aniversário... Nada que não estivesse na *timeline* de qualquer pessoa.

Viu-o, então, com uma garota numa postagem de cerca de dois anos atrás. Era lindíssima. Ficou curiosa para saber quem era. Acessando os comentários, surpreendeu-se com mensagens como "Parabéns aos pombinhos", "Que esse amor dure para sempre" e coisas assim.

Intrigada, Helena continuou sua busca. Estava curiosíssima a respeito da vida de Marcos. Pelas redes sociais, foi filtrando detalhe por detalhe de tudo o que lia. Ele fora noivo de uma garota de nome Fernanda. No entanto, um trágico acontecimento, havia pouco mais de 6 meses, tirara a vida da garota. Aparentemente, havia sido um acidente de carro, mas ele não estava presente.

Em pouco mais de uma hora de pesquisa sobre a vida do rapaz, Helena já se sentia uma amiga íntima. Foi quando sentiu o celular vibrar a despertando das ilusões. Alguém ligara incessantemente. Já era a quinta ligação perdida. Acessando as chamadas, viu um nome já conhecido: Lucas.

Lembrou-se de que, desde que sua mãe adoecera, eles não se falaram mais. Helena havia se esquecido dele, temporariamente. Na verdade, ficavam dias sem se falar, após alguns encontros. E quando voltava a carência, se estivessem ainda sozinhos, normalmente procuravam um ao outro, sem regras, compromissos ou ciúmes. Era um tipo de amizade "colorida", como suas amigas diziam.

Isso aconteceu até o diagnóstico da doença de Marília. Para Helena, Lucas tornara-se uma lembrança distante.

Gostava dele, e ele dela, mas não funcionavam como um casal. Não desejavam um compromisso sério, e a jovem julgava que sentiam apenas atração física, era uma química que funcionava bem. Seus ideais e gostos eram muito distintos, e seus pontos de vista se acertavam apenas em dois momentos: na mesa do bar e na intimidade do quarto. O que não era suficiente para sustentar um relacionamento.

Helena sentia-se muito diferente. Havia amadurecido, embora não mensurasse essa mudança íntima. Com a cabeça repleta de preocupações, a última coisa em que ela pensaria seria em um homem que não queria compromisso.

Verificou o telefone e viu que recebera algumas mensagens, inclusive de Lucas. Educadamente gravou um áudio explicando os problemas de saúde da mãe e sobre o quanto estava ocupada. No fundo, não esperava que ele entendesse, mas isso não importava mais, ela tinha muito que fazer.

Quando fechou os olhos e desligou-se das reflexões, uma palavra lhe veio à mente: *Shuangxi*. Lembrou-se da luminária que comprara havia meses e planejou instalá-la no dia seguinte.

Capítulo 21
REINCIDÊNCIA

Sentindo-se desconectada de sua própria vida, Helena ainda não havia entendido que estava passando por uma transição. Ao final de todo esse processo que vivia ao lado da mãe, surgiria uma nova mulher. No entanto, ela não estava atenta à mudança que, paulatinamente, se instalava em sua alma.

De modo que, mesmo estando no shopping a trabalho, sua mente ainda carregava os ecos da Helena viciosa de sempre. Era difícil abandonar certos hábitos, sobretudo, quando uma leva de seres sombrios, acostumados a ver nela uma fonte inesgotável de satisfações diversas, buscava influenciar seus pensamentos constantemente.

Sem a presença da mãe durante o expediente na loja, a garota parecia ficar ainda mais suscetível. Lançando mão de seus recursos, as sombrias entidades passaram a instigar o jovem Lucas para procurar Helena.

Durante a manhã, o rapaz ligou algumas vezes para Helena, sem sucesso. Após o fracasso na tentativa de contatar a moça, passou a mandar mensagens. A moça queria fugir, apenas ignorar sua presença, por medo do que poderia advir desse diálogo. Helena evitava atender as ligações. Em sua mente, vinha a imagem de Marcos, que lhe despertara, com um simples olhar, sentimentos que nunca havia experimentado. Nunca sentira tal força junto a Lucas e isso a frustrou ao pensar no futuro ao lado do jovem. Queria que ele desaparecesse e a esquecesse, como no tempo em que estiveram separados. Sentia que não lhe devia nada, que já haviam usufruído da companhia descompromissada um do outro, satisfazendo-se de maneira igualitária. Helena concluiu que um ponto final não iria nada mal em um relacionamento tão regado a vícios diversos e com um futuro tão incerto.

Mas, ainda assim, titubeava cada vez que o telefone tocava e, como na parte da manhã praticamente não houve movimento, ela teve muito tempo livre para ver cada mensagem ou ligação que chegava ao aparelho.

À tarde, a situação tornou-se intolerável para Lucas. Desviando-se de seus afazeres e influenciado por entidades nada benfazejas, foi à loja de Helena. A jovem, mesmo assustada com sua presença, foi até ele normalmente.

— Boa tarde, sumida. Estava preocupado com você — disse o rapaz encarando Helena e acariciando o braço dela.

— Tentei falar com você a manhã toda.

— Oi. Pois é, sumi mesmo. Sumi de todo mundo, na verdade, você sabe! — respondeu a jovem, desviando-se do olhar penetrante que recebia.

— Sei como deve ser, ouvi sua mensagem e isso me preocupou. Você está bem? — perguntou carinhoso.

— Cansada, Lucas... Muito cansada. Doença em casa não é fácil.

— Vamos tomar um café?

Helena pensou duas vezes, mas, vendo que a situação na loja estava sob controle, deixou tudo nas mãos das funcionárias e subiu com ele para a praça de alimentação. Quem sabe não encerrava aquele relacionamento ali mesmo e já liberava Lucas de qualquer compromisso que ele achasse que tinham?

Sentaram-se e conversaram durante longos minutos. De início, Helena estava tímida, mas, aos poucos, foi se soltando e contou ao rapaz sobre o difícil momento pelo qual estava passando. Após uma longa explanação sobre os problemas que ela e a mãe enfrentavam, por fim, em desabafo, acabou revelando o quanto estava sentindo-se sufocada. A própria Helena assustou-se com sua sinceridade, afinal, nunca havia parado para refletir sobre o que estava realmente sentindo e percebeu o quanto fazia falta um ombro amigo para poder compartilhar sentimentos, alegrias e frustrações.

Lucas ouviu tudo pacientemente e, aproximando-se, passou a falar.

— Talvez você precise esquecer um pouco os problemas, quem sabe sair para espairecer, divertir-se um pouco. Pensou nisso? Precisa cuidar de sua mãe e de você também.

— Talvez você esteja certo, e eu precise pensar nisso — disse atenta às segundas intenções do rapaz.

— E vai pensar em nós? — perguntou Lucas enquanto segurava as mãos da moça.

Refletindo por um instante, Helena ponderou a situação que estava vivendo e achou ridícula a cena que se desenrolava ali, sendo paquerada por um rapaz que mais parecia um adolescente, como se não tivesse nada melhor para fazer, enquanto a mãe doente convalescia em casa. Se precisava mesmo de um amigo, julgou que Lucas, definitivamente, não seria esse ombro a sustentá-la.

— Olha, Lucas, falando francamente, não estou com cabeça para pensar em nada...

— Tudo bem, sei que deve estar passando por momentos complicados. Se precisar espairecer, estarei por aí, é só você ligar.

No fundo, Helena ficou decepcionada com o rapaz que, longe de dar o apoio de que ela precisava, "fugiu pela tangente", como se diz vulgarmente. "Nem insistiu", ela pensou, "e nem perguntou como estava minha mãe. Não quer saber como estou, nem o que pode fazer por mim". A jovem se deu conta de que seu único apoio nessa difícil empreitada seria Deus. Sorrindo, abraçaram-se por alguns instantes e despediram-se com um beijo no rosto. Combinaram de conversarem posteriormente, sem notar, no entanto, os sombrios seres que os observavam, invisíveis aos olhos humanos.

Um pouco frustrados pelo fato de Helena e Lucas não terem dado continuidade ao romance, que lhe rendiam grande aproveitamento, as entidades trevosas ficaram animadas com o fato de que Lucas havia sido o instrumento para implantar dúvidas na mente de Helena sobre o que era certo e errado e abriu uma nova brecha para que eles pudessem despertar na jovem o comportamento vicioso, que por vários dias encontrava-se adormecido.

Ao retornar à loja, Helena não deixava de pensar o quanto estava focada na mãe e o quanto sua situação a estava ocupando, não só fisicamente, mas mentalmente também. Preocupava-se com a mãe o tempo todo e começou a achar que precisava realmente de um tempo para si, sair com as amigas, divertir-se um pouco, namorar.

Passou a pensar que estava tão envolvida emocionalmente com a mãe que anestesiara suas próprias sensações. Durante todo o dia, após o encontro com Lucas, passou por vários conflitos. Pensou nas amigas e que, apesar de conversarem quase diariamente, parou de vê-las. Deixara, quase bruscamente, de participar da vida delas.

Helena sentiu que estava se abandonando, achando um absurdo a dedicação total à mãe, que, na verdade, nem parecia tão mal assim; depois achou que já tinha se divertido demais na vida e precisava aquietar-se, dando mais atenção à genitora, pois seu estado era gravíssimo e que, mesmo parecendo estar bem, um grave câncer estava se desenvolvendo em seu organismo, e a qualquer momento poderia ter uma recaída ou mesmo morrer.

No mundo espiritual, um embate de forças inédito acontecia. De um lado, os obsessores de Helena tentavam fazer com que a jovem retomasse a vida hedonista que abandonara havia alguns meses. Do outro lado, Helena lutava contra tais pensamentos, pensando na mãe e o quanto precisava se equilibrar para cuidar dela, da casa, dos negócios e de si mesma.

Por fim, trocando mensagens com as amigas, ponderou se deveria aceitar um convite para uma festa, à noite. No entanto, mesmo quase sendo vencida pelas más companhias desencarnadas, ligou em casa para saber do estado de saúde da mãe.

Uma voz fraca atendeu.

— Mãe? É você?

— Sim.

— Que houve? Está bem? Sua voz está horrível.

— Estou melhor. Mas passei muito mal — disse Marília com dificuldade.

— Ah... Pensei em sair com as meninas para comer alguma coisa após fechar a loja. Mas estou preocupada com a senhora, acho que vou desmarcar...

Marília ouvia Helena falar-lhe com voz solícita. Sabia que o regime a que a filha estava submetida não duraria para sempre. No fundo, queria ela do seu lado, tinha medo de ficar sozinha. Mesmo assim reuniu forças para poupar Helena.

— Filha, pode ir. Só não chegue de madrugada! Controle o consumo de álcool, filha, equilibre-se. Não é uma crítica aos seus hábitos, é uma simples preocupação de mãe. Não cairia bem termos uma enferma velando outra. Ainda mais nesse delicado período pelo qual estou passando, preciso que permaneça bem.

— Tem certeza que posso ir?

— Sim, pode ir, divirta-se um pouco.

E, embalada por pensamentos intrusos, Helena não pensou duas vezes.

Capítulo 22
HOSPITAL

Chegando em casa por volta de 2 horas da manhã, Helena, um tanto embriagada, sentia-se bem por ter saído, conversado, reencontrado os amigos e flertado um pouco. Divertira-se como não fazia havia tempos.

Foi até o quarto da mãe e viu que ela dormia profundamente. Tomou um banho e buscou os medicamentos que Marília deveria tomar. Entrou no quarto e chamou pela senhora:

— Mãe, mãe, acorde, está na hora do seu remédio.

A mãe resmungou algo ininteligível, mas não despertou do sono. Parecia desfalecida. Helena ainda tentou acordá-la, mas vendo que a mãe não despertava, acionou uma ambulância, tentando evitar o pânico que a devorava. Em poucos minutos, a equipe de enfermagem acomodou a enferma no veículo e seguiram para o hospital.

Extremamente fraca, Marília ficou inconsciente durante todo o trajeto. Helena sentia-se constrangida e triste com o ocorrido, tentava de todas as formas disfarçar o efeito do álcool.

Por fim, sua mãe precisou ser internada. Não estava se alimentando adequadamente nos últimos dias devido aos enjoos provocados pela radioterapia. O tratamento cobrava um preço caro a Marília. Helena precisaria, dali em diante, de atenção redobrada com a alimentação da genitora.

Enquanto Helena resolvia os procedimentos burocráticos, Marília foi atendida pelo plantonista da noite e encaminhada à internação. Seria solicitada uma nova bateria de exames no dia seguinte, mas, enquanto isso, ela ficaria bem acomodada em um quarto.

Quando se viu a sós com a mãe no leito hospitalar, Helena não suportou e, acomodando-se no sofá destinado aos acompanhantes, desabou em choro convulsivo. Estava profundamente entristecida com a situação da genitora que, apesar do otimismo dos médicos, parecia piorar dia após dia. Horas mais tarde, vencida pelo cansaço e pelo efeito do álcool, a jovem dormiu profundamente.

Mal se fecharam seus olhos físicos, Helena abriu os olhos espirituais. Entrando em casa, viu que havia visitas a aguardando na sala, eram três homens e uma mulher, que conversavam entre si, quando ela chegou. Parecia conhecer aquelas pessoas de algum lugar.

— Boa noite, Helena, viemos conversar com você — disse Jonas.

— Aconteceu algo com minha mãe? — perguntou a jovem.

— Não. Sua mãe está bem. Mas você não está.

— Estou bem...

Olhando para fora, Helena viu uma tempestade iminente. Raios cortavam o céu freneticamente. Sentindo-se angustiada, foi até a janela, temerosa.

— Meu Deus, essa tempestade irá desabar a qualquer momento!

— Helena, não se preocupe. Você está protegida. Tenha fé.

O sibilo do vento era assustador. Da janela onde estava, Helena podia ver as copas das árvores subindo e descendo. O tempo escurecera e parecia noite. Mas dentro do apartamento tudo era calmaria. A jovem, então, levou a mão ao peito e notou que usava um colar. *"Shuangxi"*, pensou. E, voltando-se para os visitantes, viu um que lhe chamou a atenção.

— Helena, este é nosso amigo Marcos César — disse Jonas, apresentando-lhe o visitante. — Recorda-se dele?

A jovem não se assustou com a presença do homem. Pelo contrário, achou muito natural encontrá-lo ali, em sua residência e, na verdade, sentiu que reencontrava um velho amigo que há muito não via. Um forte magnetismo se fez entre os dois, uma atração irresistível.

Mais tranquila, Helena passou a conversar com Marcos. De início, desabafou sobre o que sentia, abrindo o coração. Pôde falar-lhe sobre seus sentimentos mais íntimos e viu que, no fundo, sabia o que estava errado consigo. Aquela aflição que sentia desapareceu assim que olhou nos olhos do rapaz e deu lugar à paz, marcando-a profundamente. Uma sensação de completitude que só sentira quando era criança.

Por fim, sorriu, entendendo que tudo ficaria bem, que não havia motivo para preocupações. Quando Marcos sorriu de volta e lhe afagou os cabelos, Helena acordou.

Viu que estava deitada ao lado do leito da mãe. Ainda estava escuro. Fechou os olhos e tentou dormir novamente, retornar ao sonho, reencontrar Marcos, voltar a conversar, reativar aquelas boas sensações que havia sentido. Em vão.

Sentou-se no sofá onde estava acomodada e entristeceu-se ao lembrar-se da situação da genitora. Levantou-se, foi ao banheiro, depois se serviu de um copo d'água. Olhou para si e teve vergonha.

— Helena, Helena... Idiota! Uma hora dessas, sua mãe vai precisar de ajuda e você vai estar bêbada em algum bar ou na cama de algum desqualificado qualquer e vai deixá-la na mão. E quando voltar para casa, vai ser tarde demais — disse para si mesma, revoltada, na tentativa de se autoinfligir um sentimento de culpa, como se a autoagressão fosse motivá-la à mudança de hábitos.

Helena tinha dificuldade de aceitar que o tempo passava. A mãe não era mais tão jovem, nem saudável. Ela não era mais criança e precisava pensar duas vezes antes de agir. A vida exigia mudança, a duras penas.

O conflito que, aos poucos, se instalara na vida da jovem Helena gritava, avisando que a garota precisava crescer urgentemente e, em poucos dias, amadurecer o que não conseguiu em anos. E o pior, se não quisesse mudar, seria forçada a isso.

110

Ao lado de Helena, Áulus tentava compartilhar com a moça melhores disposições. Falava-lhe mentalmente e esforçava-se para que ela captasse seus pensamentos.

— Pense em sua mãe, Helena. Ela precisa de você! Evite o sentimento de culpa que começa a nascer em seu íntimo.

Deitando-se novamente, pensou na mãe. Recordou-se de quando era pequena, dos cuidados que Marília despedia com ela, dos passeios, das risadas, dos abraços, do carinho. Recordou-se de quando seu pai desencarnou, do quanto foi difícil. Recordara-se do sofrimento e da mãe e dela própria. Helena havia amadurecido para que a família não afundasse.

Um sentimento de culpa invadiu a jovem. As lágrimas vieram novamente, aos borbotões. Sentia-se muito mal, pois não estivera junto à mãe quando ela passou mal, em casa. Recordou-se do sonho, da tempestade iminente e teve a sensação de que em seu lar havia paz, e amigos queridos estavam ao seu lado.

"Esse sonho parece estar relacionado com o que estou vivendo, mas como?", pensou Helena, confusa.

Imediatamente, ela relacionou o *Shuangxi* com Marcos, imaginando se essa simpatia pelo rapaz não seria o embrião de um romance e, claro, do casamento feliz que o ideograma apregoava. Riu de si mesma e de sua imaginação fértil. Logo, vencida pelo cansaço, adormeceu novamente.

Capítulo 23
REENCONTRO

Helena acordou com alguém entrando no quarto. Já era dia. Ela, vagarosamente, levantou-se e esfregou os olhos.

— Bom dia — disse a enfermeira, sorridente. — Desculpe se a acordei. Está na hora da medicação.

— Tudo bem. Não podemos prescindir dos remédios necessários ao refazimento do corpo! — disse a jovem.

Helena notou que a mãe estava acordada. Após Marília tomar a medicação, a enfermeira avisou:

— O café da manhã está vindo.

— Obrigada! — mãe e filha agradeceram em uníssono.

Helena levantou-se e foi até o leito da mãe, segurando-lhe a mão.

— Mãe, como está? — perguntou preocupada. — Fiquei aflita a noite toda, mal dormi, acordando constantemente para vê-la.

— Melhor do que ontem. Aliás, nem me lembro muito bem do que aconteceu.

— Do que se lembra?

— Lembro-me de estar muito cansada. Meio zonza. Resolvi deitar, nem lembro a hora. Mas me recordo de que o shopping ainda não tinha fechado. Depois disso, não tenho certeza de mais nada, só me vêm *flashes* de memória, como em um sonho.

— Por que não me ligou? Teria saído ao seu encontro de imediato, você sabe.

— E do que adiantaria ligar? Estou sempre zonza ou enjoada, ou com dores...

— Ontem teria adiantado, teria vindo para o hospital mais cedo.

Helena sentiu certo alívio ao ver a genitora recuperada.

— Cheguei em casa, vi que você dormia. Tomei um banho e, quando fui lhe dar o remédio, você não acordava de jeito nenhum! — disse com lágrimas nos olhos. — Pensei o pior, mãe! Desesperada, chamei uma ambulância. Tentei despertá-la, mas foi em vão, você resmungou qualquer coisa e voltou a dormir. Chegamos aqui passava das 3 horas da manhã.

Olhando para o rosto molhado da filha, Marília sorriu.

— Obrigada — disse a enferma beijando a mão da filha.

Abaixando-se, Helena deu um grande abraço na mãe, agradecendo a Deus em uma prece mental mais uma oportunidade que Ele lhe concedia para corrigir os erros. Invisíveis aos seus olhos, um grupo de amigos espirituais compartilhava com elas energias benéficas naquele momento, suscitando sentimentos de amor e misericórdia nas duas.

Repleta de novas disposições, a jovem aproveitou a conversa franca com a mãe e pôs na mente que aquele dia marcaria um recomeço para si mesma.

Animada, Helena resolveu ir a um supermercado próximo, para comprar algumas frutas e outras coisas que a mãe gostava de comer.

Mal entrara no estabelecimento, viu um rosto já conhecido: Marcos, que fazia compras distraidamente. No primeiro momento, Helena achou o encontro uma curiosa coincidência, mas, rapidamente, sua mente resgatou lembranças da última vez em que esteve ali. "Estou aqui, no mesmo lugar e na mesma hora em que estive da primeira vez que o encontrei, talvez não seja uma coincidência tão grande, afinal. Ele deve gostar de fazer compras pela manhã".

Helena pegou um carrinho e decidiu segui-lo, disfarçadamente. Vendo que o homem entrara em um corredor, entrou no sentido contrário, na intenção de encontrá-lo de frente. Mal fez a curva, quase bateu em seu carrinho novamente.

— Oi! Temos que parar de nos encontrar assim! — disse Marcos, rindo. — Tudo bem?

— Pois é, sou eternamente atrapalhada! Estou mais ou menos e você? — respondeu Helena, torcendo para que ele perguntasse sobre o *mais ou menos*.

— Mais ou menos? Agora vai ter que se explicar.

Olhando-o nos olhos, a jovem hesitou e gaguejou. Sem saber como iniciar o diálogo, pensou rápido nas palavras que iria dizer.

— É que minha mãe está internada aqui ao lado. Vim comprar umas coisas.

— Ah, sim, conheço bem esse hospital. Sua mãe é a Marília, certo?

— Sim... Como sabe o nome dela?

— Vi vocês no centro espírita, daí perguntei!

— Ah, sim... Também te vi por lá — e, colocando mais inflexão na voz, continuou: — Por que não falou comigo?

— Ah, vi vocês na saída, de longe. Depois as perdi de vista.

— E me reconheceu assim, rapidinho, tendo me visto só uma vez?

— Pelo que sei, você também me reconheceu, tendo me visto só uma vez.

E ambos riram. Claramente crescia uma afinidade entre eles, uma atração mútua. Após fazer uma pausa, observando a garota, o homem continuou:

— O que sua mãe tem?

— Câncer.

— Humm, isso é sério, hein! — disse demonstrando preocupação.

— Muito. Está se tratando, anda fraca. Acredito que vamos ficar até amanhã.

— Helena... Olha, também sei seu nome! — disse tentando quebrar o clima triste que pairava no ar. — Eu preciso trabalhar, mas, se não for pedir demais, me passa seu número.

— Só se você passar o seu — disse Helena reanimando-se.

114

E assim trocaram os números para contato futuro.

— Preciso ir, mas moro aqui perto. Se você ou sua mãe precisar de algo, pode me contatar! De repente, a gente se vê mais tarde, se estiver tudo bem, claro.

— A gente se fala.

E despediram-se com um beijo no rosto. Helena ainda ficou observando o rapaz enquanto ele se dirigia ao caixa. Depois tratou de cuidar das compras da mãe, sem claro, tirar o sorriso de Marcos da cabeça.

Capítulo 24
RECUPERAÇÃO

Helena fez as compras para a mãe e, antes de ir para o trabalho, certificou-se de que o estado da senhora era estável. Chegando ao shopping, envolveu-se em várias questões que lhe tomaram quase o dia todo.

No início da noite, conseguiu desvencilhar-se dos afazeres profissionais e retornou ao hospital. A mãe acabara de jantar e estava vendo TV.

— Mãe, tudo bem? — perguntou a jovem entrando no quarto.

— Sim, tudo certo. E na loja?

— Ah, tudo certo. Houve atraso numa entrega, mas resolvemos. Já estava com algumas encomendas, não podia perder essas vendas por nada!

A mãe, abatida, nada respondeu.

— Mãe, como está se sentindo?

— Cansada ainda. O médico passou por aqui, disse que era normal e que amanhã espera me dar alta. Estou que mal consigo manter os olhos abertos. E você, não tem nenhum programa para hoje?

— Tenho, ora, ficar aqui com você.

— Ficar aqui? Que bobagem! Eu consigo andar, fazer de tudo. Não estou inválida. Ainda tenho enfermeiras para me auxiliar. Estou sendo tratada igual uma rainha! — E riu da observação.

Helena, pensativa, resolveu contar uma novidade à mãe, aproveitando o bom humor da matrona.

— Mãe, preciso te contar uma coisa... Conheci um rapaz, rapaz não, que ele já é um pouco mais velho.

— Um rapaz... Mas já arranjou outro? Você, por acaso, está de "promoção"? Quem chega já vai levando! — disse Marília, começando a irritar-se.

— Calma, mãe... Ele é lá do centro.

Marília então fitou a filha com os olhos arregalados. Parecia não acreditar no que ouvia.

— Do centro? Não diga... Continue, que essa história está ficando interessante.

A filha contou em detalhes tudo que aconteceu desde que viu o rapaz pela primeira vez e a série de "coincidências" que a levou a ver e rever Marcos.

— Sabe que não acredito em coincidência. Por que não convida o rapaz para jantar aqui perto. O bairro é ótimo. — sugeriu Marília piscando o olho.

Helena, tímida, resolveu arriscar e enviou uma mensagem despretensiosa, sem saber ao certo se receberia uma resposta.

Oie.

E, após alguns minutos a resposta.

Oi, boa noite! Tudo bem por aí?

Sim!

Alguma novidade?

Muitas. A maior delas é que estou morrendo de fome. Comida de hospital não dá rsrsrsr.

Se quiser, levo alguma coisa aí para você.

Notando que sua próxima mensagem seria de crucial importância, Helena refletiu por um momento. Mas, vendo que a mãe estava bem, decidiu arriscar um pouco mais.

Prefiro sair.

E, do outro lado, Marcos, igualmente ansioso quanto ao rumo da conversa, aproveitou a deixa da garota e resolveu arriscar:

Se quiser, passo aí para te buscar...

Porém, Helena não seria tão condescendente entrando no carro de um estranho. Preferiu marcar em um restaurante próximo e foi no próprio carro. Após arrumar-se sem exagero, já que não havia levado muitas roupas, 40 minutos depois, a jovem estacionava seu carro na frente do restaurante.

O local não estava cheio e ela achou ótimo. Procurando um local para se sentar, logo viu Marcos, já acomodado. Torceu para que o rapaz não pedisse nada alcóolico, por medo de que ele atingisse seu "calcanhar de Aquiles" logo no primeiro encontro.

— Oi! Demorei? — perguntou envergonhada.

— Acabei de chegar, pensei até que estivesse atrasado — Marcos respondeu, cumprimentando Helena com um beijo no rosto. — Como está sua mãe?

— Está melhor que eu! — disse em tom de brincadeira.

— Minha mãe é forte, nada derruba aquela mulher. Daí, fui "dispensada", pelo menos por algumas horas.

— Ah, que ótimo!

Durante longos minutos, eles conversaram encantados com a companhia um do outro. Helena, de início, incomodou-se com a idade de Marcos. Era um homem bonito, mas julgava-o um "coroa". Observava-o discretamente enquanto falava. Tinha cabelos levemente grisalhos, e isso lhe dava certo charme.

Estava meio tímida na presença dele. De início, atribuiu isso ao fato de ele se um desconhecido e mais velho, o que, de certa forma, contribuía para que ela se portasse com mais seriedade. Depois, supôs que sua timidez era resultado de não estar bebendo nada alcóolico. Helena, pensando por um instante, não se lembrava da última vez em que saiu com alguém e ficou sóbria durante todo o encontro. Era uma situação nova para ela.

Marcos era muito simpático. De riso fácil, era bem humorado e educado. Não usava gírias, nem falava palavrões. Era comedido e discreto em todos os seus atos, e isso chamou a atenção da moça. Ele parecia ser um exemplo clássico de homem maduro e equilibrado, muito diferente dos homens a que Helena estava acostumada, como Lucas, por exemplo, que mal se importava com o palavreado que usava, o tom de voz com que falava ou o tanto de cerveja que havia bebido. Helena, definitivamente, não estava acostumada a esse tipo de companhia.

Marcos, por outro lado, encantou-se com a jovialidade e a autenticidade de Helena. Falante e engraçada, ela fazia o rapaz rir frequentemente e parecia uma adolescente, com "caras e bocas" ao contar histórias. Além disso, ela era linda e tinha um sorriso encantador.

Conforme a conversa fluía, falavam mais de suas vidas. Helena contou que soube seu nome ao ver o crachá, na primeira vez em que se encontraram. Marcos explicou que trabalhava como gerente de importações em uma empresa, o que fez Helena revelar que era dona de uma loja e que importava alguns produtos para revenda no Brasil.

O bate-papo descontraído avançava pela noite, o interesse era mútuo. No entanto, ainda estavam em um terreno desconhecido. E, apesar de irem se soltando enquanto se conheciam, buscavam manter certa formalidade no trato, por medo de ultrapassarem algum limite.

Após comerem, os assuntos entre ambos caminharam para o terreno amoroso, Helena aguardou que Marcos dissesse alguma coisa sobre sua ex-namorada.

— Estou ficando velha, Marcos, e não encontro meu príncipe encantado de jeito nenhum.

— Nossa, se você está velha, então, eu já virei múmia! — disse rindo. — Eu quase casei uma vez.

— Quase, por que quase? — perguntou desconfiando qual seria a resposta.

— Cheguei até a ficar noivo, mas ela desencarnou em um acidente.

Helena impressionou-se com a última frase de Marcos por dois motivos: o primeiro, pela sinceridade com que contou o que houve, ela esperava que ele talvez fosse esquivar-se do assunto; o segundo, era o fato de ele usar a expressão desencarnou em vez de morreu.

— Há muito tempo?

— Uns dois anos.

— Acidente de carro?

— Sim.

Notando que ele optava por não dar detalhes do ocorrido, Helena silenciou e esperou que ele decidisse sobre a continuidade no assunto. Após alguns segundos, Marcos retomou a conversa:

— Mas nós estamos tentando ser espíritas, certo? Ninguém morre de verdade. Ela me enviou algumas cartas depois do acidente.

Arregalando os olhos, Helena mostrou um interesse extra no assunto.

— Me conta, vai...

Mesmo sorrindo, Helena percebeu a mudança de Marcos para uma postura mais séria.

— Ah, nada de mais... No próprio centro temos sessões regulares de psicografia. É só acompanhar a programação. Fui a várias e recebi uma carta em quase todas as sessões. Quem sabe te mostro depois?

— Sou muito curiosa em relação a esses assuntos. Apesar de ter frequentado o centro desde pequena, acabei me afastando. A loja também não ajuda, me ocupa todo o horário disponível.

— Mas estava disponível hoje...

— Mas hoje não conta, fugi do trabalho para cuidar da mamãe.

E Helena aproveitou para falar da mãe, do peso das responsabilidades que estava carregando. Com o desabafo, pôde descarregar um pouco do fardo que ameaçava arquear seus ombros.

Pela primeira vez, sentiu que realmente havia um ombro amigo para desabafar, muito diferente de Lucas, que ouvia seus problemas com certa distância psicológica, evitando se envolver. Marcos, por outro lado, era todo ouvidos e não tirava os olhos da moça enquanto ela falava. Paciente, escutou-a sem interrompê-la.

Helena falou-lhe de seus conflitos mais íntimos, de seus medos e de suas inseguranças, aliviando o coração. Assuntos que nem com as amigas mais íntimas falara alguma vez.

— E aí? Já devo ter te cansado, não é?

— Ah, não... É bom que você fale mesmo, existem assuntos difíceis de serem compartilhados.

— Sim, são assuntos difíceis de serem tratados até mesmo com a família. Meus tios moram fora, e é difícil para eles acompanharem de perto o tratamento da minha mãe.

Após mais alguns minutos de conversa, Helena assustou-se com o avançar das horas. Estavam ali há três horas. Quando o garçom chegou à mesa, Marcos decidiu arcar com as despesas da noite, com a justificativa de que ele havia convidado Helena.

Na saída, acompanhou a moça até o carro, educadamente. Helena queria que aquela noite não terminasse. Foram bastante agradáveis as poucas horas que compartilharam, longe dos problemas e dos compromissos.

— Então, é isso, nos separamos aqui — disse a jovem.

Na despedida, quando Marcos abaixou-se para dar um beijo no rosto da moça, ela, aproveitando-se da oportunidade, abraçou-o, e beijaram-se apaixonadamente. Ali se fazia um encontro, não só entre um homem e uma mulher que tinham afinidade, mas um reencontro de almas, que não se viam há muito tempo.

Destinos traçados, que se cruzavam em mais uma encarnação. Iniciava para Helena e Marcos, naquele momento, o cumprimento de seus próprios desígnios, no caminhar para a renovação íntima de cada um, frente às provações que enfrentariam em um futuro muito próximo.

Capítulo 25
ALÍVIO

No mundo espiritual, três amigos conversavam fraternalmente, acompanhando o reencontro espiritual de Marcos e Helena.

— Sinto-me mais aliviado agora — disse Áulus. — Foi extremamente difícil arquitetar esse reencontro. Apesar de Marcos ter uma boa consciência de suas responsabilidades nesta existência, por ter nascido com certa maturidade espiritual, Helena, pelo contrário, desde longa data é arredia às disciplinas e, nesta existência, várias vezes, quase pôs a perder seu planejamento reencarnatório.

— Pelo visto tudo correu conforme o planejado — disse Vanessa, mostrando-se animada. — Será um relacionamento lindo, mal posso esperar até que se casem!

Jonas, observando os dois assistentes, interrompeu-os educadamente:

— Concordo com ambos, no entanto, o fato de estar tudo correndo bem agora, não significa que estará tudo bem amanhã. Quantos casais não tombam frente aos pesados desafios da vida conjugal, mesmo após anos de planejamento, ainda na erraticidade? Quantos, atordoados com as tentações variadas, perdem fôlego frente aos compromissos de longa data e, omissos quanto aos deveres assumidos, embarcam em várias aventuras passageiras? Quantos pais e mães que, à chegada dos filhos pequeninos, muitas vezes trazendo consigo a colheita de um mau plantio feito no passado, pendem sob o peso do resgate divino, separando-se e dando as costas à prole que jurou amar?

"O amor precisa ser dignificado dia a dia, ponto a ponto, momento a momento. No mundo de expiação e provas em que vivemos, o amanhã é uma névoa densa que precisa ser atravessada cautelosamente.

"Helena cumpre o que ela mesma planejou, apesar dos percalços e, se tudo continuar bem, ela, a mãe e Marcos iniciarão uma jornada muito especial juntos. Nossa interferência, felizmente, tem sido minimamente necessária. No entanto, grandes forças trabalham contra a felicidade de nossos tutelados. Teremos que manter o pensamento elevado, buscando ao máximo a inspiração superior."

— Mas será que correrão riscos graves? — questionou Áulus. — Quero dizer, virão os contratempos naturais ligados à vida conjugal e familiar, não só com o casamento, mas também com a vinda dos filhos. No entanto, devemos esperar que forças exteriores tragam tormentos à vida dessa família?

Aproveitando-se do momento, Jonas fez alguns esclarecimentos sobre o caso, buscando dar aos assistentes uma visão mais ampla da situação.

— Nossa vida funciona pela conjunção de muitas forças. Helena está no meio de uma verdadeira encruzilhada, um turbilhão, que está se desenvolvendo agora, e ela mesma não tem certeza do que é ou não definitivo nos acontecimentos que tem experimentado nos últimos meses. Para ela, tudo está em movimento e as certezas que tinha desapareceram dia após dia.

"Pensemos juntos: há poucos meses, Helena sentia-se extremamente confortável. A loja dava-lhe a segurança material e a mãe a segurança afetiva. Tinha dois portos seguros e, por isso, não hesitava em arriscar-se na irresponsabilidade íntima, entregando-se aos vícios de sua geração e aos relacionamentos intempestivos e momentâneos. O hedonismo era sua mola mestra, na certeza do eterno amparo materno. Não conservava consigo valores religiosos ou morais, pois não via neles fatores positivos para sua vida, pelo contrário, julgava tais valores, em sua maioria, castradores e desnecessários.

"No entanto, a doença da mãe despertou-lhe a necessidade de cuidar-se e buscar novas maneiras de agir. Agora, é forçada a rever antigos valores, não sem certo conflito, pois, aos poucos, está entendendo que somente equilibrando-se poderá dar a mãe o suporte de que ela precisa nesse momento crítico. Helena está entendendo, às duras penas, a importância da religiosidade como fonte alimentadora da fé, mola propulsora da força de vontade para vencer os desafios incomensuráveis que possam aparecer. Há pouco estava abraçada à mãe, em prece mental, agradecendo pela oportunidade de estar junto à genitora mais uma vez. Veremos esse hábito se repetir ainda mais, pois ela já compreende que cada dia de vida da mãe é um dia de vitória sobre a enfermidade que a consome.

"Sobre a jovem Helena incidem, neste momento, o peso da enfermidade de Marília, lhe cobrando rígida disciplina íntima; o peso da administração do negócio que as sustenta materialmente, com seus pormenores diários que incluem a gestão de pessoas que dependem dela financeiramente; a pressão interior, de uma alma que anseia pela liberdade viciosa, que, apesar de adormecida em seu ímpeto, pode emergir a qualquer instante; as amigas incertas que buscam frequentemente companhia — até o momento sem sucesso — e agora, a presença de Marcos, surgindo como um contraponto às dificuldades que a jovem enfrenta, um alívio à tormenta, como uma tábua de salvação em que Helena, provavelmente, se agarrará nos próximos meses.

"Além disso, não se esqueça, Áulus, de que Helena já havia se filiado a entidades de baixo-astral, com quem convivia diariamente e compartilhava seus momentos de lazer. São como amizades de longa data, que dividiam com a jovem seus momentos mais íntimos, desde o mais singelo pensamento às mais profundas sensações físicas, em um conluio vampirizador. Esse tipo de parceria não é quebrado tão facilmente, e Helena, envolvida com a promiscuidade sexual e o alcoolismo, angariou para si profundos desajustes que ainda se mostrarão muito evidentes.

"Na escuridão das trevas, entidades muito inteligentes, possivelmente, tramam uma maneira de reconquistar sua "aliada" de longa data.

"O reencontro dessas duas almas, com o nosso auxílio, em um momento em que a jovem passa por intensos acontecimentos, foi providencial. Se Marcos e Helena souberem administrar seus sentimentos e seus ímpetos, poderão colher excelentes frutos juntos. Contamos sempre com o auxílio da misericórdia divina em nossas vidas."

Jonas, após a explanação, ouviu a pergunta de Vanessa:

— Mas e quanto ao jovem Lucas? Observamos que foi facilmente influenciado por entidades viciosas, obedecendo-lhes, inconscientemente, os mandos e desmandos. Será que ainda poderá tornar-se um fardo a mais para a pobre Helena? — perguntou Vanessa.

Refletindo sobre a questão por um instante, Jonas respondeu pesaroso:

— Como expliquei, os desregramentos de Helena foram proveitosos às entidades vampirizadoras. Além do vício do álcool que, por si só, atraía glebas de visitantes indesejáveis ao seu sítio energético, Helena e Lucas apresentavam promiscuidade entre eles, e também com outros parceiros. Mas, diferentemente de Lucas, Helena tinha no lar um repositório de forças, mantido pela fé da mãe que, com a prática do Evangelho no Lar e as orações diárias, transformou o apartamento em que vivem em um santuário de amor.

"Por mais que Helena caísse sob o peso das influências perniciosas, que encontravam brecha durante o dia, no cenário luxuoso e ilusório do shopping center e nas desventuras noturnas ao lado de companhias insólitas, ao retornar ao lar, sua lucidez também retornava, e as obsessões que sofria, instigando-lhe desejos, tornavam-se ecos distantes.

"Nossa tarefa foi apenas instigar em Helena novas ideias. Desde a primeira vez em que ela viu o símbolo do duplo *chi*, o fixou mentalmente. No fundo de sua consciência, Helena sabe muito bem dos desvarios que comete. E, inconscientemente, foi modificando os hábitos, motivada por esse gatilho mental. E você, Áulus, tem grande mérito nesse processo. Tendo convivido com Helena, sabia de sua paixão pela cultura chinesa em encarnação anterior, onde tiveram contato com certos valores espirituais, e que esse símbolo chamaria a atenção da moça, despertando nela sentimentos profundos."

— Temos ainda um longo caminho pela frente, você tem toda a razão — concordou Áulus.

— Sim, e por isso mesmo devemos conservar a fé, sem cessar o trabalho. Sua programação e a de Vanessa estão intimamente ligadas a Helena e Marcos, por isso digo que o caminho que temos a percorrer é ainda logo. Façamos a parte que nos cabe, dentro das palavras do Cristo: "a cada dia basta o seu mal" [4], na esperança que um bom plantio hoje gere a boa colheita de amanhã.

---

4   Mateus 6:34

Capítulo 26
TRANSFORMAÇÃO

A caminho do hospital, Helena sentia-se radiante. O perfume de Marcos estava presente, enchendo-lhe as narinas. Lembrou-se de seu abraço e sentiu-se reconfortada. Seu beijo era como um doce calmante para sua alma inquieta e arredia. Sentia-se iluminada, num fulgor inédito, misto de paz e ânsia, como quem vive uma experiência arrebatadora pela primeira vez.

Enquanto dirigia, era embalada por um sentimento diferente, algo novo. Seu coração estava acelerado e ela tremia nervosa. Rindo sozinha, repassava incessantemente os momentos que viveu ao lado de Marcos. Mentalmente, procurou fixar a imagem de seu sorriso, os detalhes do seu rosto.

Helena pensou que se o conhecesse antes, talvez nunca tivesse se interessado por ele. Quantas vezes ignorou os homens mais velhos e mais sérios que se mostraram interessados nela, e agora ela própria se interessava por um que, no seu modo de ver, agregava os dois adjetivos. *"Shuangxi"*, Helena pensou, rindo de si mesma.

E ela, que nem sequer pensara em um relacionamento monogâmico e que entre as amigas orgulhava-se de nunca ter sido fiel, não tirava Marcos da mente.

Quando chegou ao quarto onde a mãe estava instalada, Helena notou que ela dormia profundamente. Teria que deixar para contar as novidades da noite em outro momento.

Helena checou o *smartphone* e viu que tinha uma mensagem de Marcos: "Boa noite, adorei nosso encontro", ela respondeu: "Eu tbm, sds".

Depois viu uma série de mensagens das amigas. Uma perguntava onde estava, a outra mandava fotos de um bar onde bebia na companhia de rapazes: "olha o que está perdendo", dizia a legenda. Teclando com as amigas, contou-lhes que havia conhecido alguém, e que a mãe estava em tratamento. Da mãe, não perguntaram muito, mas do "caso" quiseram saber cada detalhe.

Trocou mensagens durante cerca de uma hora, até pegar no sono ali mesmo onde estava.

Quando acordou, já havia amanhecido. Meio confusa, demorou alguns segundos para entender onde estava. Olhou para o relógio no pulso que marcava 6h45, depois ergueu os olhos e viu a mãe, acordada, em pé olhando pela janela do quarto.

Levantando-se e foi até ela, calmamente. Seu corpo estava dolorido pelo mau jeito em que dormira no sofá do quarto, a cama macia e espaçosa fazia-lhe falta.

— Mãe! — disse enlaçando a cintura de Marília. — Tudo bem?

O rosto da matrona mostrava-se abatido e cansado. A jovem notou o quanto a mãe envelhecera nesse pouco tempo em que estava doente. A cinquentenária, que nunca havia permitido que os fios de cabelo brancos aparecessem, começava a deixar transparecer as raízes alvas.

— Tudo certo, filha... Estou cansada de descansar — disse, abrindo um fraco sorriso.

Marília ergueu a mão cadavérica e trêmula e afagou os cabelos da filha olhando-a nos olhos.

— Não consegui esperá-la! Acabei pegando no sono. Como foi com o rapaz, tudo bem? — perguntou calmamente e, virando-se, retornou à cama e deitou-se novamente.

Voltando ao sofá e sentando-se, Helena foi relembrando tudo o que houve na noite anterior. Junto com as lembranças, retornou também toda aquela profusão de sentimentos, como se acabasse de ter encontrado Marcos.

— Nossa, mãe, parece que foi um sonho! Nunca pensei encontrar uma pessoa assim. Conversamos durante horas sem parar, e olha que não precisamos nem beber para soltar a língua. Acordei hoje em dúvida se foi verdade tudo o que aconteceu ontem.

— Meu Deus! Nunca pensei ouvir isso de você. Que mudança. Agora tenho certeza de que Deus existe — disse Marília rindo. — Nem conheço esse rapaz e já estou gostando dele. E aí, já marcaram o "casório"?

— Não fique "empolgadinha" demais, estamos nos conhecendo ainda. Nem sei se vai dar namoro, e a senhora querendo me amarrar.

A verdade era que algo despertara em Helena um sentimento adormecido e que ela desconhecia em si mesma, mas que agora sabia que sempre esteve lá, aguardando o momento — ou a pessoa certa — para eclodir.

Marília, ainda enfraquecida, recebeu alta, e as duas retornaram para casa. Helena não trabalhou e ficou em casa fazendo companhia para a mãe. Quando Marília dormiu, após se alimentar e tomar a medicação, a moça pôde relaxar um pouco. Na intimidade do lar, caía a armadura de mulher forte e determinada, dando lugar a uma garota ainda frágil e sentimental.

Helena, sentada em uma confortável poltrona à beira da cama, observava a mãe dormindo. A moça não suportou e deixou que grossas lágrimas caíssem. Chorou o quanto pôde, deixando o pranto correr livremente enquanto ouvia a mãe respirar pesadamente. A enferma definhava dia após dia e piorava a olhos vistos. Mesmo trêmula e enfraquecida, Marília ainda podia andar, se alimentar sozinha, mas estava abatida e cansada todo o tempo. Seus olhos não tinham mais o brilho de antes, as rugas multiplicaram-se por seu rosto, cada vez mais apático. Curvava-se ao andar e, como emagrecera consideravelmente, estava irreconhecível.

Quem não via Marília havia muito tempo e a revisse, duvidaria que aquela paciente de câncer fosse a mesma mulher forte de outrora.

Mentalmente, Helena fez uma prece pela mãe e, duvidando que ela sobrevivesse por muito tempo, rogou que Deus lhe amenizasse as dores, livrando-a do triste sofrimento que acomete aqueles cuja vida se esvai lentamente.

A jovem não soube mensurar quanto tempo ficou nesse processo, envolvida entre choros e orações. Por fim, levantou-se e foi se deitar, sentindo um cansaço imensurável pela noite mal dormida. Em seus sonhos, viu a figura de Marcos a sorrir-lhe e depois conversaram amenidades. No entanto, o clima pacífico foi logo quebrado por uma emergência que os fez fugir, temendo algo que rapidamente vinha no encalço deles.

Um som terrível fez Helena acordar desse sonho profundo. Ao levantar-se bruscamente, experimentou certa vertigem, mas dominou-se e foi direto ao quarto da mãe. Vendo que Marília não estava lá, preocupou-se e correu em direção à sala vazia e depois à cozinha.

Assustada, viu a mãe apoiada à bancada, enquanto uma chaleira caída ao chão esparramava água por todo o assoalho.

— Mãe, quase me mata de susto! — exclamou a jovem, ofegante, levando a mão ao peito e sentindo o coração ricochetear no peito.

— Ora, que descuidada sou! Não consegui segurar a chaleira para fazer um simples café. Desculpe tê-la acordado, filha, não era minha intenção incomodá-la.

— Mãe... Por que foi mexer com essa chaleira? Por que não usou a cafeteira? Ah, esqueça, melhor deixar cair uma vasilha de inox do que um eletrodoméstico! Escute, mãe, vá para a sala, ligue a TV... Deixe que eu cuido disso aqui — finalizou Helena, mal disfarçando a irritação.

Marília, silenciosa, calmamente foi andando, apoiando-se nos móveis e nas paredes.

Se por um lado constatar que a mãe estava relativamente bem era um alívio, frente aos tormentos que a doença de que sofria apresentava, por outro — Helena pensava —, era terrível ver uma pessoa tão ativa perder a capacidade de ser útil. Simples movimentos eram agora passíveis de causarem grandes desastres. A jovem constatou que a mãe teria de ser tratada como uma verdadeira criança dali em diante.

Segurando a tristeza que lhe vinha ao peito, Helena secou o assoalho da cozinha e ela mesma preparou o café para as duas. Preferiu a cafeteira elétrica e, enquanto a água esquentava, viu, pelas largas janelas da sala, que a tarde findava. Dormira quase o dia todo.

Sentando-se ao lado da mãe, segurou-lhe a mão com afabilidade.

— O café está quase pronto.

Helena deitou a cabeça no ombro da mãe e desligou-se um momento dos problemas, enquanto olhava as imagens na tela da TV. No entanto, seus pensamentos iam longe. Como se envolvida por estranho transe, a moça mentalmente voltou no tempo, à época em que era criança.

Se possuísse a sensibilidade um pouco mais apurada, perceberia os benfeitores amigos que ali estavam, auxiliando-as no refazimento de suas forças, em atendimento à prece de horas atrás.

Helena pensava como havia sido boa sua época de criança, embalada pelas cantigas que a mãe cantava, numa época em que tudo era fácil. Em sua tenra infância, a jovem não tinha preocupações além das de uma menina inocente. Com 5 anos já estudava, e o pai sempre ia buscá-la de carro ao término das aulas. Sentia-se tão pequena sentada no banco do carro. Não via a rua, conseguia apenas ver os prédios, as árvores e o céu.

A moça sempre conservara dentro si um espírito nostálgico, como se houvesse perdido no passado algum valioso tesouro, e que a cada dia que passava essa riqueza ficava mais longe, como se tempo e distância cruelmente se correspondessem. Em sua mente, o passado era mais importante do que qualquer presente, e o futuro, para ela, era apenas uma incerteza, com a qual não adiantava preocupar-se.

Após a morte do pai, precisou desenvolver uma força de vontade extra para auxiliar a mãe e, por conseguinte, a ela mesma nos negócios. Nesse ponto, suas recordações tornavam-se repetitivas e pouquíssimas novidades passaram a marcar suas lembranças. Dias sobrepunham-se a dias, iguais, um após o outro.

Nesse momento, recordando-se do shopping, sua "segunda casa" como gostava de dizer, assustou-se.

— O que houve, filha? — perguntou Marília vendo a jovem erguer-se bruscamente. — Achei até que estivesse dormindo.

— Preciso achar meu celular. Nem me lembrei de conferir as mensagens do dia. Será que está tudo bem com Suzy?

Foi para seu quarto, abriu a bolsa encontrou o aparelho. Sim, havia várias chamadas não atendidas e também mensagens, entre elas, algumas de certa relevância. Várias mensagens de Marcos perguntando se ela estava bem, se a mãe estava bem, o que fez Helena jogar-se na cama e abrir um largo sorriso. E, enquanto pensava no que ia responder, viu que havia dois áudios de Suzy. Tratou de ouvi-los logo, enquanto o shopping ainda estava aberto e ela poderia resolver alguma coisa, caso necessário. O primeiro havia sido enviado próximo à hora do almoço.

Helena, tudo bem? Espero que esteja descansando. Por aqui as coisas estão em ordem, o movimento está bem legal e não paramos um minuto. Deixa eu te perguntar uma coisa, o Lucas conseguiu falar com você? Ele passou por aqui, parecia preocupado, perguntando de você como quem não quer nada, sabe como é... Querendo saber se sua mãe está bem e se você viria para a loja. Não respondi nada, disse não saber. Um abraço, amiga, fique com Deus. Melhoras para sua mãezinha!

E, logo em seguida, pôs-se a ouvir a segunda gravação, enviada quase àquela hora:

Oi, Helena, sou eu de novo. Não precisa vir se não quiser, por aqui está tudo bem. Portanto, não se preocupe. Gostaria apenas que desse uma passada, se puder, amanhã cedo, pois é folga da Gigi e vão chegar os vestidos que encomendou. Daí tenho medo do movimento e aí já viu, né? O pessoal ligou e marcou umas 11 horas. Ah, antes que me esqueça, o Lucas veio aqui de novo depois que saiu do trabalho. Parece que te ligou várias vezes, e você não atendeu. Espero que esteja tudo bem! Beijos!

132

Mais tranquila após ouvir o áudio de Suzy, resolveu gravar uma resposta para a amiga e funcionária.

Oi, Suzy, boa noite! Desculpe por não te responder mais cedo, mas, menina, estava tão cansada que dormi o dia todo. Minha mãe está bem, ainda está fraca, mas está bem. Chegamos aqui em casa por volta de 9 horas e, literalmente, capotamos. Fico feliz em saber que tudo está correndo bem. Amanhã cedo estarei aí para abrir a loja e conversamos melhor.

E, lembrando-se de um segundo assunto, tornou a gravar:

— Ah, o Lucas está se prestando a um papel muito chato, não se preocupe com ele, pois está merecendo que eu o ignore no momento. Quando minha mãe ficou doente, ele veio até a loja e fomos tomar um café, expliquei que ela estava mal e que as coisas para mim não seriam fáceis... Pensa que me deu apoio? Apenas disse que no dia que eu precisasse "espairecer" e sentisse vontade de sair, o procurasse. Isso é coisa que se diga? Deu a entender, claramente, que não deseja compromisso. Mas também, eu tive minha parcela de culpa nas atitudes dele, porque sempre que me sentia solitária eu buscava sua companhia, e toda vez que ele me procurava, eu cedia aos seus desejos. Não somos amigos, nem namorados, e hoje penso que só nos encontrávamos, realmente, para beber e ir para a cama. Nos divertimos muito, é verdade, mas tenho certeza de que era algo físico apenas. Não vou retornar as ligações dele nem responder as mensagens. Dane-se. Se eu o encontrar, falarei isso diretamente pra ele.

Foi quando se lembrou de mais uma novidade para contar à amiga:

Mudando de assunto, me aconteceu algo extraordinário! Acho que estou apaixonada! Amanhã te conto, beijos!

Mal acreditando nas próprias palavras, reabriu as mensagens de Marcos, respondendo-as e conversando com ele mais alguns minutos, até que, vencida pelo cansaço, encerrou as mensagens da noite. Fazendo uma prece mental, agradeceu a Deus pela vida que tinha, pedindo perdão pela falta de paciência com a mãe enferma e, pensando no pai desencarnado, rogou a Deus que o abençoasse muito onde estivesse. Pela primeira vez, em muito tempo, recordou-se dos bons conselhos que o genitor lhe dava quando estava encarnado e que faziam tanta falta naquele momento.

Respirando fundo, fechou os olhos. Amanhã seria um longo dia.

Capítulo 27
OBSESSÃO

Como foi dito anteriormente, um mundo invisível nos cerca: o universo espiritual, muito maior e mais rico que o universo conhecido pela maioria dos seres humanos, repleto de vida, de energia e de pensamentos.

Imersos nessa dimensão espiritual, muitas vezes, ignoramos o quanto influenciamos e somos influenciados pelas inteligências desencarnadas que nos cercam. Alguns amigos, outros nem tantos, aqueles que um dia viveram na Terra como homens e mulheres continuam vivos e, muitas vezes, nos acompanhando passo a passo, muitos deles com imensa saudade da vida que ficou para trás, outros repletos de desejos e capazes de tudo para realizá-los.

Lucas pensava na conversa que tivera com Helena havia alguns dias, no shopping. A jovem estava com sérios problemas em casa, com a mãe enferma, precisando de cuidados especiais. Era uma situação muito triste, "Deus me livre de passar por isso", pensava ele. Mas, conhecendo Helena como ele achava que conhecia, acreditava que, por pior que fossem os problemas pelos quais a jovem estivesse passando, ela não se aquietaria facilmente. Não abandonaria assim, tão prontamente, a boemia. Esse papel de garota abnegada e conservadora não combinava com ela, segundo o rapaz.

Lucas gostava de Helena. Achava que o relacionamento de ambos, apesar de descompromissado, era duradouro, como se houvesse algo especial entre eles, uma espécie de ligação. Enfim, se encontravam apenas quando sentiam saudades, o que era natural para ele. E tudo bem se sentissem saudades esporadicamente. Era até melhor assim, afinal, não enjoariam da companhia um do outro e ainda tinham espaço para conhecer outras pessoas interessantes. Assim Lucas pensava.

Dessa forma, aguardou, pacientemente, que Helena ligasse. "Ela sempre liga", dizia para si. Mas ela não ligou, nem após uma semana, nem após um mês. "Tudo bem", pensou ele, "vou me divertindo com outras garotas enquanto isso".

Recordou-se da época em que saíam muito, quando se conheceram. Não conseguiam ficar juntos, mas também não conseguiam ficar separados. Também, não seria capaz de forçar Helena a nada, nem se quisesse, pois sabia que a jovem, mesmo gostando de namorar rapazes, tinha um fraco por algumas garotas. No fundo, achava que Helena ainda não tinha um namorado fixo justamente por gostar de se aventurar em experiências variadas, buscando encontrar-se.

Depois se afastaram um tempo, devido a uma série de contratempos. Helena entrou na faculdade, ele também. Depois ele foi morar no exterior, viveu um tempo na Inglaterra, depois nos Estados Unidos. Não havia tempo para ninguém mais, apenas para ele mesmo. Por fim, deixaram de se falar.

No entanto, aquele reencontro pareceu ser providencial para Lucas, que, sem conhecimento espiritual, nunca pensaria que espíritos mal intencionados se esforçaram bastante para que eles se reencontrassem. Nunca a vira tão linda quanto naquele dia. Helena mudara, tornara-se uma mulher exuberante aos seus olhos, não poderia perdê-la assim tão facilmente. "Não poderia deixá-la sem lutar!", dizia mentalmente para si, acreditando falar consigo, sem conhecimento de que conversava com seres invisíveis que o cercavam, invadiam sua mente de fácil acesso e respondiam suas questões. Intimamente, passou a pensar que estivera sendo imaturo, tratando-a da mesma forma que antes, como se ainda fossem adolescentes. Chegou à conclusão que poderia, finalmente, ao lado dela, ser fiel. E quem sabe ela também? Formariam um belo par, afinal, eram bonitos e bem-sucedidos. Talvez fosse isso que a moça desejasse, um relacionamento sério, alguém para amar e que a amasse, como grande parte das mulheres. Sentia que Helena era seu grande troféu, e que se a conquistasse de vez, seu ego poderia dar-se por satisfeito, afinal, ponderando, a jovem combinava uma série de qualidades que Lucas considerava imbatível: linda, educada, bem-sucedida, sexualmente liberal, adorava embebedar-se em festas badaladas... Em sua mente formavam um par perfeito.

Mas, analisava o rapaz confuso, por que não pensara nisso antes? Por que demorara tanto tempo para chegar a essas conclusões? Conhecia Helena há tantos anos e somente agora a imaginava ao lado dele como a "primeira dama" de sua existência? Não seria apenas carência de sua parte?

Lucas tomou a decisão de rever Helena para conversarem, saírem, namorarem mais uma vez e, então, tomaria uma decisão.

No entanto, não encontrava a garota de jeito nenhum. Havia ido ao shopping duas vezes no mesmo dia, na esperança de um reencontro, mas sem sucesso. Havia ligado, enviado mensagens, e o silêncio foi a resposta. Ela o ignorara.

Inicialmente, pensara que, por causa dos problemas que estava enfrentando com a saúde da mãe, estivesse avessa aos relacionamentos duradouros. Depois, passou a imaginar outra coisa: e se ela estivesse saindo com alguém? Apaixonando-se? Precisaria intervir rapidamente para evitar que se comprometesse com outro homem.

A imaginação de Lucas, estimulada por inteligências invisíveis, muito mais sagazes do que a dele própria, criavam em sua mente imagens e possibilidades. Seus sentimentos tornavam-se confusos e conflitantes.

Teve medo de perder Helena, algo inédito e, ao deitar-se na cama aquela noite, fantasiou Helena como a mulher ideal, que todo homem gostaria de ter ao lado, dividindo os prazeres de uma vida repleta de luxúria e êxtase; via-se ao lado dela dividindo as paixões frívolas de um casamento repleto de aventuras.

Obsedado, Lucas permitia que o egoísmo ditasse as regras de sua imaginação, não raciocinando sobre a importância do amor na relação que desejava ter com a jovem, que lhe instigava tantos pensamentos. Idealizando um casamento perfeito no seu ponto de vista hedonista, via Helena mais como uma companheira para diversões e fonte de prazeres sexuais do que a mulher digna de respeito — igualmente carente de afetos sinceros como ele e repleta de sonhos — que era realmente. Antes de desligar-se da realidade e entrar em sono profundo, decidiu que no dia seguinte retornaria ao shopping para ter notícias da jovem, o quanto antes.

Capítulo 28
CONFLITO

Helena acordou bem cedo no dia seguinte e vendo que sua mãe estava bem, aprontou-se e saiu. Chegou à loja mais cedo que suas funcionárias. Queria dar uma olhada geral em tudo antes que chegassem. Sentiu-se aliviada ao ver que as coisas estavam em ordem e, aparentemente, tudo tinha corrido bem no dia anterior.

Eram cerca de 9 horas quando Suzy chegou, assustando-se ao ver que Helena já havia aberto as portas.

— Ora, ora, vejam quem madrugou! Sentiu saudades? Ficou só um dia fora e já voltou correndo! Cuidou da mamãe? Tudo bem por lá? — perguntou Suzy com um sorriso no rosto à amiga.

— Tudo bem, na medida do possível, claro. Mas ela consegue ficar sem mim. É bom estar de volta, gosto de vir aqui, trabalhar, mas admito que já gostei mais — disse rindo. — Acho que ando cansada, foi só pisar aqui hoje e me senti fraca, esse shopping parece ter alguma coisa que suga as energias da gente, já percebeu? E ontem, pelo visto, correu tudo bem na minha ausência.

— Sim, tudo certo, como sempre. Ouvi seu áudio ontem, parece estar repleta de novidades! — Suzy disse curiosa.

Helena, sorrindo, segurou as mãos da amiga e a puxou para perto de si.

— Menina, nem te conto. Aliás, vou te contar, mesmo sabendo que não vai acreditar.

— Bom, estou aqui... Deixe que eu mesma decida se vou acreditar ou não!

— Estou a-p-a-i-x-o-n-a-d-a! — exclamou, quase soletrando.

— Não brinca, amiga! Homem ou mulher? — perguntou Suzy provocando Helena, pois sabia que ela ainda tinha dúvidas a respeito de qual gênero lhe atraía mais.

Fazendo uma pausa, Helena pensou e depois respondeu:

— Amiga, acho que finalmente me decidi. Encontrei um homem maravilhoso por sinal!

Durante muitos minutos, as amigas conversaram sobre Marcos. Helena contou à vendedora sobre o encontro acidental, a visita à casa espírita, o reencontro no supermercado e, finalmente, o convite para saírem juntos. O que parecia ser o início de um romance.

— Trocamos tantas mensagens ontem à noite, Suzy. Estou vivendo um momento muito complicado e pensava não estar com cabeça para namoro, mas ele foi tão compreensivo, tão atencioso, que resolvi me esforçar para a gente dar certo. Percebi que, na verdade, não estou com cabeça é para baladas. Tenho que cuidar de mim, da minha mãe. Estou em uma nova fase e, se alguém me quiser, vai ter que me acompanhar nessa.

— Falando nisso, o Lucas veio aqui ontem, duas vezes!

— Pois é, ouvi sua mensagem. Mas quero distância dele neste momento. Lucas é legal, me divirto horrores ao lado dele, mas não dá para esperar mais do que isso. Amiga, penso que essa vida de *girls just want to have fun* já era... Até quando vou viver dentro de uma música dos anos 1980? Marcos é maduro, decidido, é homem com H maiúsculo e, para mim, essa é a grande novidade. Acho que sempre procurei a pessoa certa no lugar errado por preconceito, pois nunca havia pensado que me envolver com um homem, assim, mais velho do que eu 12 anos, com hábitos tão diferentes, poderia ser uma experiência tão plena. Ele me pacifica, sabia?

E ambas gargalharam da observação.

Quando o relógio marcou 9h50, as outras vendedoras chegaram. Com a loja arrumada, estavam todas prontas para o trabalho. Era só aguardar os clientes, e qual não foi a surpresa, quando o primeiro cliente a pisar na loja foi Lucas.

Quando o viu, parado à porta, Helena se assustou. Mas talvez devesse a ele algumas explicações, afinal, ele lhe enviou várias mensagens e ligou algumas vezes. Ao vê-lo, sorriu, levantou-se e foi ao encontro do rapaz.

— Olá! — cumprimentou-o, trocando com ele beijos no rosto. — Vi suas mensagens ontem, no fim do dia, só que estava tão cansada, você nem imagina!

— Tudo bem, posso imaginar. Como está sua mãe, melhor?

Helena desconfiou da pergunta de Lucas e de suas segundas intenções. Quase respondeu que a mãe estava ótima, mas, pensando rapidamente, mudou a afirmação.

— Não está muito bem, devo voltar para casa logo. Só vim aqui para encontrar um fornecedor. Temos uma entrega.

E, notando que o rapaz a olhava tentando disfarçar a frustração, tratou de emendar uma pergunta:

— Mas me diga, veio fazer o quê aqui tão cedo? — perguntou mudando rapidamente de assunto e dando um tapa amigável nas costas de Lucas.

Notou que o rapaz continuava disfarçando as intenções.

— Sinceramente? Estava preocupado com você — ele respondeu puxando Helena pelo braço, afastando-a da loja e convidando-a a se sentar em umas poltronas próximas, no corredor. — Não queria que nos afastássemos porque está com problemas, posso estar ao seu lado. Não precisa ficar sozinha. Andei pensando naquela conversa que tivemos e acho que não a tratei como deveria. Quem sabe não seria o momento de pensarmos em algo mais sério?

A jovem não acreditava no que ouvia. O rapaz mal acabara de falar e a imagem de Marcos lhe veio à mente. Lucas era, para Helena, o homem errado, que apareceu na pior hora. A jovem pensou como contornaria aquele imbróglio sem magoá-lo. "Tantos anos enrolados, sem perspectiva de futuro e, agora, quando estou com a cabeça a mil por

141

hora, com minha mãe doente, começando um namoro, ele me aparece com essa. Será que ele não notou que, se eu quisesse mesmo namorá-lo, eu mesma teria falado?".

Ao mesmo tempo, Helena impressionou-se com a atitude de Lucas, logo ele que, assim como ela, dizia não acreditar em amor eterno, e que fidelidade era coisa do passado e só existia em romances ficcionais.

— Eu entendo, eu mesma já pensei sobre isso, mas estou passando por um momento crítico, Lucas. Estou cansada, com mil coisas para resolver e a última coisa que quero é um namoro — disse calmamente, dissimulada, tentando não magoá-lo mas, ao mesmo tempo, querendo desencorajá-lo de suas intenções.

— Compreendo, mas precisa superar esses problemas, Helena. Não pode esquecer-se de si mesma, deixando-se abater frente às dificuldades!

Helena, silenciosa, olhou tristemente para o rosto de Lucas. Algo a incomodava profundamente. Serena, pensou que talvez nunca tivesse estado tão lúcida como naquele momento. No fundo, sabia o que ele queria. Sairiam, se embebedariam, namorariam, teriam uma noite divertidíssima... Mas e no dia seguinte? E quando a mãe tivesse um ataque, um desmaio ou outra coisa qualquer? Será que ele estaria com ela, no hospital, ou correria para o bar mais próximo, com amigos, esperando que ela se desocupasse das responsabilidades para se encontrarem? Respirando fundo, abriu um sorriso dissimulado.

— Você tem toda razão, Lucas. Sei que temos uma história juntos, mas a vida muda e estou numa fase muito tumultuada. Não estou conseguindo nem pensar em mim mesma! Vou avaliar seriamente o que disse... De qualquer forma, obrigada pela preocupação!

E, sem mais palavras, levantou-se e despediu-se dele com um abraço, não sem notar a decepção no olhar do rapaz. Ele, então, segurando as mãos de Helena entre as dele e a olhando nos olhos, disse em voz baixa:

— Não pretendo esquecê-la, você vai ser minha. — disse saindo em seguida.

Helena não entendia o que havia acontecido para que ele agisse daquela forma, afinal, sempre fora tão "descolado", avesso a compromissos e até machista na maneira de agir. A moça pensou: "Por que estaria atrás de mim com uma inacreditável — e muito tardia — proposta de namoro? E o que queria dizer com você vai ser minha?".

Retornou à loja olhando para trás, para ter certeza de que Lucas havia ido embora. Suzy a aguardava, desconfiada.

— Tudo bem, Helena? O que ele queria?

— Tudo certo... Eu acho. Estou até meio zonza. Me pediu em namoro, acredita nisso?

— Realmente, não acredito — Suzy falou rindo. — E o que você respondeu?

— Ora, lógico que não aceitei.

— Quando você saía correndo para se jogar nos braços dele, Lucas se refestelava e nunca pensou em compromisso. Agora que você está em outra, ignorando as mensagens e ligações dele, vem correndo atrás de você.

— Nem sei se é isso... Eu também nunca quis um compromisso sério com ele, nem dei a entender que teríamos algum futuro juntos. Mas é bem verdade que vez ou outra ficava atrás dele.

— Pois é. O rapaz acostumou-se a tê-la sempre que te ligava e, quando, não ligava, você mesma o procurava após um tempo. Não percebeu isso não?

Helena assustou-se consigo mesma e pensou: "Teria realmente agido dessa forma durante todo o tempo em que ela e Lucas se relacionaram?".

A moça voltou mentalmente ao passado, percebeu que, a seu ver, vinha agindo como uma mulher fácil, incapaz de dizer não a quem a convidasse para algum programa. Não se recordava de ter se negado a acompanhar Lucas aonde quer que ele a convidasse, e talvez isso tenha dado ao jovem a falsa segurança de que ela estaria eternamente disponível para satisfazê-lo. Só agora Helena refletia sobre o impacto de sua atitude. Talvez, ante a realidade de perder a "eterna disponível", Lucas tenha pensado melhor sobre quais sentimentos o animavam a continuar relacionando-se com Helena, fazendo-o repensar todo o seu estilo de vida.

— Menina, sabe que tem razão. Estou pasma! — disse Helena, levando a mão à boca, assustada.

— Nada disso, amiga! Esse tempo passou. Agora está para tornar-se a mulher mais bem comprometida desta cidade! Marcos que se cuide, mal fisgou a dona Helena e os "gaviões" já a estão sobrevoando.

E ambas riram da observação de Suzy.

Mesmo agindo com naturalidade durante toda a manhã, Helena não conseguia desligar-se de Lucas. Frequentemente, olhava através da vitrine, buscando o rapaz, com receio de que estivesse por ali espreitando-a. Vez ou outra ia até a porta da loja e conferia os corredores, as poltronas e lojas vizinhas. Algo a preocupava imensamente.

Helena não se dava conta do quanto estava sensível ao mundo invisível e às energias espirituais que a cercavam. Realmente estava sendo observada, mas não pelo imprevidente Lucas, mas por inteligências que o acompanhavam, acreditando-se traídas e aguardavam, impacientemente, a melhor oportunidade para ir à forra.

Capítulo 29

VISITA

— Jonas, tenho estado especialmente preocupado com Helena nos últimos meses, e agora, mais do que nunca, acredito que devemos tomar providências! Lucas está fora de si. Influenciado por inteligências sombrias, não parece senhor dos próprios atos. Vamos intervir, chamando à razão esses seres mal intencionados antes que cometam algum desatino!

O instrutor, sereno, buscou inspiração para dar andamento ao diálogo com seu inseguro pupilo.

— Áulus, temos observado tudo o que se passa. Sei que tem estado com Helena, e sua presença espiritual tem lhe feito bem. Mas devemos ter cautela com nossos atos. Já havia planejado outro posicionamento. Acredito que possamos tentar chamar Lucas à razão, quando estiver em sono reparador. Com seu espírito desprendido da cela física, quem sabe não poderia ouvir nossa rogativa, libertando-se de tais influências perniciosas e afastando-se da jovem Helena?

— Mas, sinceramente, não entendo, Jonas. O que tais seres querem com a união de Lucas e Helena? Apenas satisfazer-se através dos vícios de ambos?

O assistente mostrava-se aflito.

— Neste momento, Áulus, não temos como analisar com segurança as motivações das sombras. Faremos nossa parte como embaixadores da paz, no lar de Marília e Helena, pensando no bem-estar delas e trataremos diretamente com

Lucas, pois ele pode tornar-se fator determinante no sucesso ou insucesso dessa equação, como instrumento de forças contrárias à felicidade de todos. Ainda não nos foi revelado, mas devemos trabalhar com a certeza de que Lucas e Helena, em algum momento do passado, adquiriram débitos, de modo que, mutuamente, têm se atraído para depois repelirem-se. Não podemos afirmar, mas talvez estejamos revendo antigos acontecimentos, com nova roupagem.

— Jonas, e se por acaso Lucas descontrolar-se e causar uma tragédia? Ou se Helena, vencida pelo próprio passado, resolver voltar aos braços do antigo parceiro? Tudo o que foi programado para sua vida se perderá? — perguntou Vanessa, preocupada.

— Esse é um risco que todos corremos em nossas existências terrenas. Perde-se uma programação, faz-se outra. Helena abusou dos vícios, e sua intemperança a trouxe até aqui. Ao deixar de cuidar de si, abriu margem para que forças externas interferissem em seu destino, o que é muito natural, por mais triste que isso possa parecer. Ao abrir mão de posicionar-se perante a vida, permitiu que essas mesmas forças a dominassem, colocando-a na posição que mais lhes aprouver. Ela vem alimentando esse conluio de forças contra os próprios desígnios, anos a fio. Se houvesse mais equilíbrio nos atos humanos, haveria menos dissabores no destino dos homens, e a repetição contínua dos erros não aconteceria tão facilmente, existência após existência.

As palavras de Jonas eram sempre poderosas, fazendo com que todos ao seu redor refletissem profundamente. Em silêncio, Áulus e Vanessa buscaram, introspectivos, maturar os ensinamentos do instrutor, internalizando suas observações.

No restante do dia e à noite, tudo correu tranquilamente, sem acontecimentos de grande destaque. A madrugada já avançava quando Lucas entrou em sono profundo. Prevendo que seu espírito se desprenderia sem demora, a equipe de missionários adentrou o quarto iluminando todo o recinto com safírica luz. Lucas, já desdobrado, parecia determinado a sair e, no estado em que se encontrava, em nada se parecia com o jovem simpático e bem-educado que havia poucas horas conversara com Helena. Parecia atormentado. Imediatamente, os amigos espirituais perceberam que o jovem estava sendo atraído por estranhas forças que lhe atiçavam mentalmente.

Lucas saiu do apartamento onde morava e, caminhando pela rua, parecia decidido a chegar a algum lugar. Transmitindo-lhe energias calmantes, a equipe espiritual aproximou-se. Quando percebeu a aproximação, o desdobrado assustou-se, mas manteve-se firme.

— Lucas? — chamou-o Jonas, à frente do trio em auxílio.

— Sim, o que querem? Não fiz nada de errado! Não os conheço, por que me seguem? — disse ríspido, suspeitando de que a equipe espiritual pudesse atrapalhar seus planos.

— Apenas gostaríamos de trocar algumas palavras, nada mais. É que estamos com alguma dificuldade, e você pode nos auxiliar! — explicou Jonas, calmo e sorridente.

Mesmo desconfiado, Lucas pareceu acalmar-se um pouco. Ainda mostrava-se ansioso e arredio, mas estacou os passos e aguardou a aproximação da equipe. Os punhos cerrados mostravam o quanto estava tenso e sua postura defensiva dizia que esperava dos espíritos auxiliadores algum ato violento que, de pronto, revidaria.

— Muito bem, falem logo, estou com pressa.

— Lucas, boa noite. Meu nome é Jonas, esse é Áulus, e essa é Vanessa. Somos amigos de Helena e Marília, e, claro, seus amigos também, apesar de estarmos nos conhecendo agora. E, como disse, precisamos de seu auxílio.

Após as apresentações e ao ouvir o nome das duas encarnadas, mostrou-se interessado e desarmou-se.

— Ora, por que não me disseram logo? Houve alguma coisa com elas?

— Felizmente, está tudo bem. No entanto, as duas têm passado por momentos muito difíceis e precisam muito da paciência de todos que as conhecem. Sabemos o quanto você gosta de Helena e que tem por ela grande apreço e, da mesma forma, nós também queremos que ela esteja bem. É muito importante que as respeitemos nesse momento, medindo nossos atos e nossas palavras para evitar ofendê--las ou nos aproveitar da situação de maneira injusta, enquanto elas estão fragilizadas.

— Helena deveria ser minha namorada. Cheguei a essa conclusão nos últimos dias! Ao seu lado, poderia auxiliá-la a atravessar essas dificuldades. Mas ela não anda raciocinando direito, quer sofrer sozinha, acha que não merece ninguém ao seu lado. Ou arrumou outro namorado, mas vou tirar a limpo essa história, afinal, eu tenho prioridade nessa questão.

Os argumentos de Jonas, a seu ver, pareciam muito justos. Os amigos espirituais, sem querer interferir no livre-arbítrio do jovem, rogavam-lhe paciência no trato com Helena e esperavam que o conselho ajudasse o rapaz a pensar duas vezes antes de agir, buscando a razão. No entanto, Lucas parecia irascível, era notável que não estava de posse de sua lucidez, talvez por efeito do desdobramento sobre sua consciência natural, e parecia alheio à maneira de pensar da equipe espiritual.

— Acalme-se, Lucas. Sabemos de suas intenções e, é por isso que estamos aqui. Tentamos interceder a favor de todos. Não é nossa intenção interferir no seu destino, nem muito menos obrigá-lo a mudar de posição. Queremos apenas que reflita, afinal, os laços mais duradouros são aqueles forjados no amor, no respeito mútuo, na união de interesses. Talvez Helena, na situação em que se encontra, não esteja em posição de atender a esses parâmetros.

As palavras de Jonas impactaram imensamente Lucas. O rapaz parecia refletir sobre o que foi dito sem encontrar argumentos para rebater as afirmativas de espírito amigo. Já pacificado, a figura irritadiça de antes desaparecera quase por completo, revelando que, por detrás da armadura temperamental, escondia-se um ser confuso e frágil.

— Talvez estejam certos — disse seriamente. — Vou pensar melhor sobre isso.

E Lucas seguiu seu caminho sem despedir-se ou olhar para trás.

Depois de alertar Lucas sobre os perigos de forçar uma situação indesejada entre ele e Helena, justamente quando a jovem se mostrava ainda tão fragilizada, confusa e evitando tomar decisões definitivas perante a vida, a equipe espiritual optou por deixá-lo aos próprios cuidados, mesmo sabendo que, desdobrado, iria ao encontro das furtivas entidades ou atrás de satisfações menos nobres.

Mesmo ainda preocupado, Jonas preferiu respeitar a atitude do rapaz e retornar aos seus afazeres. Lucas mostrava-se obsessivo em seus objetivos, motivado por sua própria vontade e pelas entidades desencarnadas que o influenciavam imensamente.

Capítulo 30
PREPARAÇÃO

Áulus mostrava-se abatido e preocupado. Vanessa, aproveitando-se do momento a sós com o assistente, receosa do estado vibratório do amigo, aproximou-se para conversar:

— Como se sente, Áulus? Tenho percebido, e não só eu, mas Jonas também, seu abatimento com relação à missão que desempenhamos ao lado de Helena e da mãe. Não digo isso por alguma crítica de minha parte, apenas por preocupação. Nos aflige vê-lo ensimesmado!

— Quando me ofereci para essa tarefa, julgava-me preparado para desempenhá-la. No entanto, não consigo evitar que meus sentimentos pessoais extravasem e acabo desequilibrando-me. Oro todos os dias rogando forças para o trabalho, mas entristeço-me ao ver o quanto é difícil para os encarnados se manterem no caminho que eles traçaram.

— Hoje você vê o quanto é difícil para as equipes espirituais atuarem com os encarnados. Lidamos com uma conjunção de forças muito poderosas e não raro fracassamos, encarnados e desencarnados, em nossos propósitos. O que não podemos é desistir e com fé devemos continuar nos esforçando uma vez mais, sempre!

Enquanto Vanessa reavivava o ânimo de Áulus para as árduas tarefas que ainda viriam, Helena estava em sono profundo. No entanto, estava atormentada, perdida em sonhos tenebrosos. Desprendida do corpo físico, seu espírito experimentava percepções além de seu entendimento.

Preocupada com a estranha visita de Lucas, que a deixou encabulada e insegura, Helena não se atentava ao fato de que, longe dos vícios e resignadamente cuidando da mãe, suas percepções mediúnicas aumentavam gradativamente, captando os eflúvios negativos que lhe rondavam o ser, advindos de seres sombrios que a observavam de longe.

Ao cair da noite, deitou-se preocupada. E como sua fé apresentava-se ainda vacilante, não conseguira livrar-se por completo das inteligências desencarnadas que a obsidiavam. Aproveitando-se da liberdade proporcionada durante o sono, tais entidades enviavam-lhe pensamentos macabros e desconfortantes. Helena sentia-se prisioneira da escuridão, perseguida por sombras que gargalhavam enquanto a seguiam, fazendo-a correr desesperadamente para se salvar.

A jovem não entendia que ela mesma se sujeitava a esses ataques insanos, pois não conseguia esquivar-se de pensar em Lucas e das preocupações que passou a ter a partir do último diálogo que tiveram. As risadas sombrias misturavam-se a ecos de *"você vai ser minha!"*, gerando em Helena uma claustrofóbica sensação de medo e solidão. De repente, correndo por becos escuros, viu em uma porta o símbolo de *Shuangxi* e, quando entrou no local, acordou. Era madrugada, ela estava ofegante. Seus cabelos grudaram-se em seu rosto suado e sua blusa estava quase encharcada de um suor frio. Tinha uma sede alucinante. Levantou-se e foi andando até a cozinha, ainda tonta de sono, conferindo cada ângulo do apartamento por onde passava, paranoica.

Com um copo de água entre as mãos, Helena foi até a sala de estar escura, sentando-se no sofá. Por alguns minutos, observou a cidade, do alto do 13º andar. "De novo o *Shuangxi*. Até quando terei esses sonhos?", pensou. Recordou-se de Marcos, com muito carinho. No entanto, sua mente estava em conflito. Estaria preparada para iniciar um namoro, tendo em casa a mãe doente que precisava de auxílio diário e uma loja em plena ascensão, igualmente precisando de sua presença?

"Nunca acreditei no amor. Sempre me vi sozinha, totalmente independente. Cheguei até a me imaginar tendo um filho sem um pai, uma produção independente. No entanto, aqui estou, acreditando que encontrei o homem dos sonhos, do qual bastou apenas um beijo para que me imaginasse ao lado dele pelo resto da vida. Que tola sou! E como a vida nos testa, me trazendo esse companheiro justamente no momento em que estou passando pelas maiores provações da minha existência. Serei capaz de assumir mais esse compromisso e dar-lhe a atenção de que merece?".

Sem chegar a nenhuma conclusão sobre as atitudes que tomaria, Helena esvaziou o copo d'água de um só gole e voltou para a cama. Como estava às vésperas de mais um fim de semana, combinou com Marcos que almoçariam juntos no dia seguinte e se reencontrariam à noite, no centro espírita, na companhia de Marília, se ela estivesse bem. Pelo visto, a presença de Marcos seria um incentivo a mais para que fosse à casa espírita semanalmente, pois manter uma frequência era uma disciplina árdua, já que a mãe nem sempre estava disposta para ir ao local.

***

No dia seguinte, após se certificar de que a mãe ficaria bem, Helena foi à loja. Resolveu algumas pendências e, quando se aproximava das 12 horas, recebeu uma mensagem de Marcos avisando que a aguardava na praça de alimentação.

O coração da jovem disparou. Estava nervosíssima para revê-lo, pois seria o primeiro encontro desde a primeira vez em que se beijaram. Suas mãos ficaram úmidas e foi até o banheiro para se preparar para o encontro.

Na tela mental de Helena repassaram as cenas do encontro anterior, no restaurante à meia-luz, cada conversa, cada sorriso...

Após se arrumar, subiu a escada rolante e logo o viu sentado em um restaurante japonês, onde almoçariam juntos. Seus olhares se cruzaram, e, trocando sorrisos, foram se encarando até que Helena chegasse até ele.

— Boa tarde, *mademoiselle* — disse em um francês impecável, levantando-se e afastando uma cadeira para que ela também se sentasse.

— Nossa, quanta gentileza! — exclamou Helena, enlaçando-o pelo pescoço e beijando-o. Naquele momento, sentiu-se plena, como se só existissem os dois no mundo.

Sorrindo, Marcos a abraçou pela cintura.

— Estava com saudades, acredita nisso? Por onde você se escondeu todos esses anos?

— Imagino que meu esconderijo era bem longe do seu, porque também o procuro há uma eternidade! — E ambos riram.

Helena e Marcos sabiam que havia algo especial ali. Era um encontro de almas afins. Não era normal o que sentiam com relação ao outro. Quando estavam juntos, suas mentes vibravam na mesma sintonia e até seus pensamentos eram similares. Quando se sentaram à mesa, passaram a pensar em uníssono: "Será que é amor o que estou sentindo? Não pode ser amor, nos conhecemos há tão poucos dias, não sabemos nada um sobre o outro! Mas, então, por que me sinto tão bem? Qual a explicação para isso?".

Por alguns minutos, trocaram carícias e, sorridentes, conversaram trivialidades. Marcos foi gentil e perguntou sobre Marília:

— E sua mãe, como está? Tenho vontade de conhecê-la.

— Ah, está em casa com uma cuidadora. Não pode ficar sozinha, mas está até bem. Quando formos ao centro, hoje, irá conhecê-la.

— Será ótimo!

Durante algumas horas, ficaram ali; comeram, conversaram, puseram vários assuntos em dia. Ambos sentiam que se reencontravam após uma longa viagem, e era hora de dividirem as experiências que viveram enquanto estiveram separados e, a partir dali, programarem como compartilhariam o resto da vida. Mas pensavam se *realmente* passariam o resto da vida juntos, mas isso era uma incógnita reservada a Deus responder.

Porém, outro assunto de interesse mútuo exigia urgência e incomodava Helena desde a noite anterior. Reunindo forças, a jovem respirou fundo, mudando os rumos do diálogo.

— Marcos, preciso falar com você um assunto sério que, desde ontem, está me incomodando profundamente — disse em tom grave, desviando o olhar e fazendo uma breve pausa.

Entendendo que a questão provavelmente demandaria uma atenção extra de sua parte, Marcos serenou a mente e aguardou que a jovem estivesse pronta a se abrir.

— Tenho passado por muitos dissabores nos últimos meses. A enfermidade de minha mãe tem me consumido as forças integralmente. E a loja, de que me ocupava diuturnamente, venho relegando a administração à outra pessoa. Estou muito sobrecarregada, Marcos. Ter encontrado você foi ótimo, mas estou com medo... — disse hesitante.

Entendendo que Helena desabafava sobre sentimentos muito íntimos, Marcos sentiu-se privilegiado por ela abrir-se com ele, mesmo conhecendo-o tão pouco. O homem segurou as delicadas e trêmulas mãos da jovem entre as suas e acenou para que ela continuasse.

— Tenho medo de não conseguir me desdobrar o suficiente para levar adiante um namoro sério. Tenho medo de não ter forças, de não ter tempo, de não...

Tapando sua boca com os dedos, Marcou solicitou que Helena silenciasse. Ela assustou-se, pois ainda tinha muito a dizer. Quando viu que a jovem se acalmara, ele tomou a palavra.

— Helena, esta é a segunda vez que nos encontramos — disse tranquilamente. — E cada minuto com você está sendo especial. Não estou pensando como será amanhã, nem a próxima semana, daqui a um mês ou a um ano. Estou com você agora, neste momento. Não estou pensando nas dificuldades que talvez enfrentemos, nem nos dias que possivelmente deixaremos de nos ver. Não quero pautar nossos encontros pelos desencontros, entende? Estamos nos entendendo agora e como não nos conhecemos muito bem, talvez possamos ter uma ideia errada de quem somos.

Ansiosa, Helena ouvia Marcos:

154

— Não se preocupe antecipadamente, Helena. Vivamos, como o exemplo de Jesus: "cada dia o seu próprio mal". Vençamos dia após dia, com calma. Quanto a mim, falando pessoalmente, não tenho pressa, não sou mais um jovem que se deixa vencer facilmente pela ansiedade. Olhe para mim, já tenho cabelos brancos de sobra. Não pense que não entendo o que se passa em sua vida, porque, se não fossem as dificuldades que enfrenta com sua mãe, provavelmente haveria outras provações a vencer. Estar junto é *estar junto*, independente do espaço e do tempo. Nos encontraremos quando pudermos e como Deus o permitir, se forem essas as regras a que devemos nos submeter para que continuemos juntos.

Helena não tinha argumentos. Calara-se frente à maturidade espiritual de Marcos. Mal acreditou nas palavras que ouviu e sentiu-se tão pequena perto dele, tão imatura, verdadeiramente infantil. Com os olhos repletos de lágrimas, abraçou-o demoradamente, apoiando a cabeça em seu ombro e deixando que as lágrimas lavassem suas inseguranças.

Por fim, resolveram ir embora. Marcaram de se reencontrarem à noite, na casa espírita. Desceram até o estacionamento e, beijando-se apaixonadamente, despediram-se.

Capítulo 31
FLAGRA

O romântico casal não notou, mas estava sendo vigiado a distância. Não eram olhos de desencarnados, como seria de se esperar dos maiores inimigos do amor e da felicidade, mas olhos muito bem encarnados. Lucas, que pacientemente aguardava em seu carro, viu o exato momento em que o casal despediu-se amorosamente.

Havia ligado para a casa de Helena e foi informado de que ela estava no shopping. Como conhecia a vaga reservada em que a moça sempre estacionava, parou nas proximidades, de modo a não perder o carro de vista e, então, aguardou ansiosamente a hora em que a jovem retornasse ao automóvel. No entanto, nunca imaginara que ela estaria acompanhada de um homem.

Lucas então se recordou de um estranho sonho que teve, onde um homem lhe recomendava paciência. Ora, como poderia ter paciência sabendo que Helena se jogava nos braços de outro? O momento não pedia paciência, mas ação! Ele, que estava determinado a conversar com a jovem mais uma vez, ficou imóvel ante a cena romântica que viu. Não podia acreditar que Helena estivesse comprometida com outro, sabendo de seus sentimentos por ela. Talvez fosse isso, dispensou seu amor com desculpas esfarrapadas, pois já estava apaixonada por outro.

Por fim, Lucas ficou observando Helena enquanto ela entrava no carro, dava partida e saía do estacionamento. Frustrado, sentiu-se traído. Ouvia, no fundo de sua alma, gargalhadas insanas e distantes, que julgou serem de transeuntes, sem notar que estava acompanhado por inteligências sombrias que lhe instigavam a revolta.

Entendendo que perdera Helena para um concorrente, Lucas ligou o carro e, desistindo de lutar pela garota, pôs-se a caminho de casa, atordoado por estranhos sentimentos. Em sua cabeça ecoavam os mesmos pensamentos recalcitrantes: "Como ela pôde fazer isso comigo? Não sou bom o suficiente para ela? Por que mentiu para mim?", entre vários outros, igualmente infelizes.

Chegando em casa, Helena foi direto ao quarto da mãe. A enferma, apesar de lúcida, mostrava-se enfraquecida. Sentando-se à beira da cama, a filha acariciou os cabelos ralos da senhora.

— Mãe, como está? — perguntou carinhosa, vendo que a enferma mal se movia.

Marília, virando-se vagarosamente para a filha, sorriu.

— Filha... Estou bem. Só cansada. Tudo bem no shopping? Encontrou o tal rapaz?

Sorrindo ante a curiosidade da matrona, Helena já tinha na ponta da língua tudo o que iria contar à mãe.

— Sim. Tudo bem na loja. Encontrei Marcos, almoçamos juntos e conversamos um pouco. Hoje, vamos ao centro juntos assistir à reunião pública, quer ir conosco? Queria apresentá-los. Seria uma oportunidade formidável.

— Ora, apresentar-nos? Quantas vezes insisti para que me apresentasse seus namorados, não é verdade? E agora que você finalmente resolve me apresentar um, me encontro assim, nesse péssimo estado. Quase não sobrevivo para conhecer meu futuro genro!

— Não seja boba, mãe! Ainda viverá muito tempo, verá!

— Penso que não conseguirei ir à palestra com vocês. Melhor irem sem mim. Não me sinto bem.

— Mas queria que o conhecesse.

Refletindo um instante, Marília pensou em uma alternativa à ideia da filha.

— Traga-o aqui hoje. Que tal? Assistam à palestra, depois venham para cá.

Sorrindo, Helena parecia satisfeita com a solução. Não imaginava que a mãe seria tão receptiva, principalmente por estar enferma.

— Acho a ideia ótima. Obrigada! — disse a jovem, beijando o rosto da mãe.

A primeira ação de Helena foi confirmar com Marcos se iriam realmente ao centro e, confirmado o encontro, quis fazer uma surpresa e não lhe contou das intenções da mãe.

Marcos optou por buscar Helena em casa e foram juntos ao centro.

Quando chegaram à instituição, ambos pensavam no que fariam após o fim da palestra, para aproveitarem melhor o tempo juntos. Não pretendiam separar-se tão cedo aquela noite.

Marcos, que acreditava que conheceria a mãe de Helena, ficou triste ao saber que a senhora estava indisposta aquela noite.

O clima na casa espírita era dos mais agradáveis, e o tema da palestra foi muito reconfortante para Helena, que pensou no quão proveitoso seria para a mãe: "Ninguém pode ver o Reino de Deus se não nascer de novo".

A reunião foi aberta às 20 horas em ponto com uma bela prece sucedida pela leitura de *O Evangelho Segundo o Espiritismo.* Após as devidas apresentações, o orador não se fez de rogado e iniciou a preleção da noite.

— Qual o maior objetivo de nossa existência? Por que muitos não valorizam a própria vida? Segundo a Doutrina Espírita, o que significam as palavras nascer de novo, proferidas por Jesus? É-nos possível a conquista do Reino de Deus?

"Nossos objetivos mais imediatos são aqueles que dizem respeito à família, ao trabalho, às relações sociais, às amizades... Todos eles representam prioridades que, quando bem administradas, garantem nosso bem-estar físico e emocional.

"Todavia, é considerável o número de pessoas que, por não possuírem propósitos e ideais bem definidos, fazem do

158

seu dia uma experiência insossa e vazia, mesmo que tenham uma família para cuidar, um emprego a manter ou pessoas com quem se relacionar. Dessas, quantas são as que se queixam de que tudo dá errado em sua vida? Mas, se as questionarmos sobre o que, verdadeiramente, desejam e o que estão fazendo para assim o conseguirem, não saberão responder.

"Seria muito belo se cada pessoa, principalmente as que ainda não encontraram sentido para as próprias vidas, resolvessem se perguntar: o que é que posso fazer em prol do mundo onde estou? Ou, por outro lado: Afinal, para o que é que vivo? Para quem é que eu vivo?

"Muito dificilmente não acharão respostas valiosas, caso estejam, de fato, imbuídas da vontade de conferirem um sentido para a sua existência no mundo.

"Quando se encontram razões para viver, passa-se a respeitar e honrar as bênçãos da existência terrestre, o que converte cada momento em oportunidade valiosa para crescer e progredir.

"A vida na Terra não precisa ser um 'campo de concentração' a impor-lhe tormentos a cada hora. Se você quiser, ela será um jardim de flores ou um pomar de saborosos frutos, após a sementeira responsável e cuidadosa que você fizer. Dedique-se a isso.

"Nessas palavras, fazemos referência a um dos ensinamentos mais relevantes da Doutrina Espírita. É o postulado de que existe, sim, uma finalidade maior a envolver cada ação que praticamos, cada pensamento que produzimos e cada sentimento que alimentamos: o nosso aperfeiçoamento íntimo, a evolução própria.

"Numa noite, quando Jesus foi visitado pelo fariseu Nicodemos, e os fariseus eram extremamente rigorosos quanto ao cumprimento das leis mosaicas e dos costumes e rituais judaicos, este reconheceu a autoridade moral e espiritual do Cristo, dizendo-lhe: 'Rabi, sabemos que és o Mestre vindo da parte de Deus porque ninguém pode fazer esses sinais que tu fazes, se Deus não estiver com ele.'

"Captando-lhe o estado íntimo, Jesus, de pronto, lhe respondeu: 'Em verdade, em verdade te digo que, se alguém não nascer de novo, não pode ver o Reino de Deus.'

"E o que seria esse reino? Algum lugar circunscrito? Em linhas gerais, podemos afirmar que ele é, na realidade, um estado íntimo de harmonia e paz, fruto da conscientização da própria imortalidade e da superação de toda forma de conflito íntimo.

"Porém, muitas religiões cristãs interpretam esse 'nascer de novo' como sendo o batismo: ritual de iniciação ou de conversão com o uso da água. Mas Nicodemos compreende que o sentido das palavras do Cristo não era esse; tanto que, logo em seguida, questiona: 'Como pode um homem nascer, sendo velho? Pode, porventura, voltar ao ventre materno e nascer pela segunda vez?'

"Entendemos que o fariseu não teria dito 'voltar ao ventre materno e nascer pela segunda vez', se o renascimento na carne não fosse uma teoria conhecida na época — mesmo que não aceita por muitos, porque senão suas palavras teriam se reportado, por exemplo, ao ritual que João Batista já praticava com seus seguidores.

"Contudo, Jesus volta a enfatizar sua resposta anterior: 'Em verdade, em verdade te digo: quem não nascer da água (segundo a interpretação espírita: corpo imerso no ventre materno) e do Espírito não pode entrar no Reino de Deus. Não te admires se eu te disser: importa-vos nascer de novo.'

"No entanto, a literatura espírita argumenta que a reencarnação — ou seja, esse 'nascer de novo' — representa uma dádiva que não é devidamente valorizada nem mesmo por muitos espíritas! E por quê? Porque são poucos os indivíduos que, efetivamente, estabelecem, para si mesmos, propósitos e objetivos elevados e se mantêm na trilha deles, não permitindo que as dificuldades e as exigências da vida cotidiana os façam perdê-los de vista.

"Reconsiderar conceitos, repensar hábitos, aprofundar conhecimentos, reformular pensamentos, redirecionar sentimentos, superar limitações e imperfeições, trabalhar pela melhoria da própria realidade: eis o programa para quem deseja levar da Terra o maior número de experiências positivas.

"O pensamento inscrito no dólmen construído sobre o túmulo de Allan Kardec, em Paris, 'nascer, morrer, renascer ainda e progredir sempre, tal é a lei' sintetiza não apenas o propósito maior da reencarnação, que é a evolução do indivíduo, mas todo um processo de conquista íntima do Reino de Deus, a ser realizado por cada um de nós ao longo da eternidade.

"Sabemos que, ao aportarmos neste orbe em cumprimento a mais uma reencarnação, trazemos no Espírito marcas indeléveis de comportamentos inadequados que mantivemos e, retornando, muitas delas afloram, aquelas que Deus permite, para que as dirimamos de vez.

"A falta de conhecimento de que a vida continua, de que o espírito é imortal faz com que aqueles que assim não pensem assumam compromissos profundos por darem à sua existência um rumo inadequado. Eles colocam todas as expectativas de vida em conquistas menores, esquecidos de que trazem uma inteligência concedida por Deus, para promoverem o seu aprimoramento, desenvolverem suas potencialidades, pensando na imortalidade do espírito, para que sua passagem pela Terra deixe marcas de dignidade, de elevação de caráter, de esforço, porque só assim estarão realizando o crescimento espiritual.

"Se somos compelidos a encarnar sucessivamente, dentro dessas oportunidades que Deus nos concede, devemos aproveitá-las em favor do próprio aprimoramento, para que, a cada retorno ao mundo de origem, levemos o espírito menos carregado de débitos e com algum aprendizado realizado.

"Contudo, devemos considerar: seja qual for a condição em que cada um chega para cumprir a sua encarnação, é justamente aquela em que deverá estar, em vista da sua programação de vida.

"Deus sabe o que cada um necessita e o coloca no lugar adequado, para o seu próprio bem. Ele visa ao espírito, pois é esse que deve, após os embates da vida, brilhar e refulgir.

"Enquanto esse dia não acontece, vamos vivendo, indo e vindo, aceitando o que temos, compreendendo o lugar onde fomos colocados, mas lutando sempre e não nos acomodando, porque é por meio da nossa capacidade de lutar que progredimos.

"Recordamos a seguir algumas perguntas feitas a Allan Kardec, contidas em *O Livro dos Espíritos.*

"O codificador, assim como nós, também teve dúvidas quanto à melhor forma de depurar-se e, questionando os espíritos superiores, obteve como resposta que as sucessivas reencarnações são a melhor forma de alcançarmos a perfeição, quando o espírito verdadeiramente se transformaria.

"Assim, as sucessivas reencarnações seriam a forma mais justa para o aprimoramento progressivo da humanidade, até o dia em que, despojados de impurezas, não teremos mais necessidade das provas da vida corporal.

"Um dia todos seremos espíritos bem-aventurados, espíritos puros!".

A plateia mostrava-se atenta. Helena sentiu-se especialmente consolada pelas palavras simples do orador, sabendo que nada na vida era por acaso e cada acontecimento carregava uma lição que levaremos como aprendizado para a eternidade. Acreditava que Marcos era especial e sentiu-se muito bem por tê-lo ao seu lado, intimamente rogando que Deus permitisse que fossem felizes, mesmo não entendendo como poderiam se gostar mesmo se conhecendo tão pouco.

O orador ainda falou mais alguns minutos, antes que fossem aplicados os passes magnéticos, durante a prece de encerramento.

Capítulo 32
ENCONTRO

Na saída, sentindo-se muitíssimo bem, Helena de mãos dadas com Marcos passou por muitos rostos conhecidos, que a cumprimentaram alegremente. Uma ou outra pessoa conhecida perguntou por Marília, mas a jovem, evitando entrar em detalhes, limitou-se a dizer que se recuperava em casa, deixando aberta a possibilidade de visitá-las quando quisessem.

— Trocou mensagens com sua mãe? Sabe se está bem? — perguntou Marcos, já às portas da casa espírita.

— Sim, falei com ela. Está bem. Está tão bem que está nos esperando lá em casa — a moça disse mordendo o lábio e torcendo para que Marcos não se opusesse ao convite.

Boquiaberto, ele demorou alguns segundos para entender o significado do convite. Iria à casa de Helena e, de quebra, ainda conheceria sua mãe. Sabia que esse seria um passo importante para seu relacionamento com a garota. Teve receio de responder que sim, mas, ao ver o rosto sorridente de Helena, quis evitar contrariá-la a qualquer custo.

— Ora, mas que surpresa! Mãe e filha armando contra mim, hein? É um verdadeiro complô. — disse brincalhão.

— Então... Aceita o convite? É só dizer que sim... — falou Helena esperançosa, mal se aguentando de ansiedade.

— Então... Sim! — respondeu Marcos, sorridente.

Helena e Marcos sabiam que estariam, naquela noite, dando um passo a mais no relacionamento de ambos, mas, esse era um teste que precisavam fazer. A moça há muito deixara de ser boêmia, que não perdia uma festa ou um show e que, frequentemente, ia para cama com pessoas que mal recordava quem eram no dia seguinte.

Queria que Marcos fizesse parte de sua vida, como um porto seguro que a livraria dos males que causava a si, uma bússola para não deixá-la perder-se nos vícios que a tentavam. No entanto, Helena tinha muitos compromissos ligados à mãe e só continuaria o relacionamento com ele se Marcos pudesse compreender a extensão das responsabilidades que a cercavam. Ela, definitivamente, não era uma mulher livre.

Curioso sobre a vida íntima da jovem por quem conservava crescente interesse, Marcos dirigiu por cerca de vinte minutos até uma área nobre da cidade. Helena sinalizou para que estacionassem próximo a um edifício luxuoso, construído ao lado de um belíssimo parque da cidade.

Marcos desceu do carro, abrindo a porta para a jovem acompanhante, encantado pela beleza do local.

— Não conhecia muito bem essa região. Apenas passo próximo daqui vez ou outra.

— Adoro morar aqui, precisa ver a vista do apartamento — disse a jovem, entusiasmada, puxando o inusitado visitante pelo braço.

Subiram um lance de escadas e, ao vê-los, o porteiro solícito destravou a porta de entrada. Adentraram um largo saguão com um enorme lustre e sofás espalhados ao redor de um tapete redondo.

Marcos a tudo observava, encantado. Quase correndo, foram direto para o elevador, subiram treze andares e, finalmente, chegaram à porta do apartamento que Helena dividia com a mãe.

— E então? Preparado para entrar? — perguntou a jovem segurando as mãos de Marcos entre as suas e olhando-o nos olhos.

— E tenho escolha? — perguntou sorrindo.

— Acho que não! Como sei que é um espírita caridoso, apostei que não faria a desfeita de negar um convite feito com tanto carinho por uma mulher moribunda. — E ambos riram do comentário.

Ao abrir a porta, Marcos viu uma ampla sala de estar e, ao fundo, uma senhora sentada de costas em um largo sofá, parecia assistir à TV. Ao ouvi-los, Marília virou-se. Ela usava um belo lenço amarrado na cabeça. Marcos concluiu que se tratava da mãe de Helena.

— Boa noite! — cumprimentou envergonhado.

— Ora, ora, achei que não vinham mais — disse a senhora levantando-se com dificuldade.

— Não precisa se levantar, mãe, vamos até aí — disse Helena.

— Preciso me levantar sim, filha. Hoje é um dia histórico! Você sabia, rapaz, que é o primeiro namorado que essa menina traz em casa? Aliás, meu nome é Marília, minha filha falou?

— Sim, disse. Meu nome é Marcos e fico muito, muito feliz em saber que sua filha parece que vai "desencalhar" dessa vez — respondeu brincalhão, abraçando a frágil enferma. — É muito bom conhecê-la finalmente. Pensei que fosse ao centro conosco hoje.

—Sim, também pensei! Mas, como deve ter notado, meu corpo já não me obedece mais, é genioso esse envoltório!

— É lindo seu apartamento, Marília. Parabéns — elogiou o homem, olhando ao redor, notando que o amplo ambiente estava harmoniosamente decorado.

— Obrigada, Marcos. Infelizmente, não pude cozinhar nada para comermos e, Helena, nem se fala, mal sabe fazer um café. Minha dica é: peçam alguma coisa por telefone, enquanto ainda temos tempo! Não se preocupem comigo, não consigo comer praticamente nada.

Helena pediu uma pizza nas proximidades. Enquanto esperavam, puderam conversar e conhecer-se melhor. Marília mostrou-se extremamente simpática. O visitante contou-lhes que seus pais já eram falecidos, e ele praticamente não tinha família. Descobriram minutos depois que a mãe de Helena conhecera os pais de Marcos havia alguns anos, antes que ficasse viúva, no período em que mais frequentara a casa espírita. Por isso, a senhora teve a sensação de que Marcos não lhe era totalmente desconhecido.

O estado de saúde de Marília lhe impunha uma série de restrições e, após algumas horas conversando, mostrou-se debilitada e pediu a Helena que a acompanhasse até o quarto.

— Marcos, preciso ir. O tempo urge. Já "aprontei" demais por uma noite! Você é especial, como um filho que não tive — disse segurando a mão do rapaz. — Perdoe-me a maneira de falar, mas não vá embora, fique conosco, faça companhia para Helena. Faça desta casa a sua também!

— Muito obrigado pela confiança. Espero poder retribuir à altura! — Marcos respondeu sensibilizado, beijando as mãos da enferma.

Acompanhando a mãe até a cama, Helena auxiliou-a até que caísse no sono e, fechando a porta do quarto, retornou à sala de estar onde Marcos a aguardava.

— Enfim sós! — disse a jovem jogando-se nos braços do namorado.

— Não diga isso, Helena, sua mãe foi excepcional!

— Sim, ela é. Sentirei muita falta, quando ela for embora. Estou muito feliz que esteja ao meu lado, aqui, agora. Queria que conhecesse minha vida antes de continuarmos... Quero que tenha certeza de que me quer, mesmo com tantas dificuldades. Se ficar comigo, terá que levar o "pacote" todo — disse entristecida.

— Não conseguirá me espantar tão facilmente, Helena. Precisará se esforçar mais, se me quiser longe — disse brincalhão, tentando quebrar o clima triste.

— Acho que estou apaixonada...

E beijaram-se intensamente.

Felizes por estarem juntos, Helena levou Marcos ao seu quarto e, movidos por um desejo incontrolável, amaram-se apaixonadamente, fazendo juras de amor e esquecendo-se de todos os problemas que os pudessem preocupar. Para eles, o futuro era uma incógnita e mais do que nunca o que importava era o momento, e o hoje poderia definir o resto de suas vidas.

A madrugada já ia alta quando Marcos deixou o prédio. Apesar da insistência da jovem para que ele dormisse ao seu lado e fosse embora apenas no dia seguinte, Marcos acreditou não ser uma atitude respeitosa da parte dele, visto que Marília o recebera tão bem.

Na despedida, na cabeça da garota apaixonada, ecoavam as palavras, para ela mágicas, ditas pelo namorado ante de sair: "Te amo".

E assim, passaram-se vários dias, embalados por novas esperanças e perspectivas felizes.

Capítulo 33
TORMENTO

Apesar de ter ficado separado de Helena por alguns anos, quando morou fora do Brasil, esquecendo-a por completo, Lucas acreditava que não fora pura coincidência tê-la reencontrado no shopping. Ainda que não tivesse em sua formação sólidas bases espirituais, o rapaz, fascinado por inteligências perniciosas, acreditava que aquele encontro havia sido providencial.

Como nunca dera a Helena o devido valor, tratando-a como uma companhia casual, embora dessem muito certo e formassem um belo casal, acreditava que lhe devia algo mais. No entanto, nunca se preocupara com isso antes, já que a jovem também levava o relacionamento de ambos sem compromisso, tratando-o como um namorado casual. Mesmo assim, Lucas acreditava que havia faltado de sua parte dar mais credibilidade à jovem, para que ela sentisse mais segurança ao seu lado.

Olhando as fotos de Helena nas redes sociais, o rapaz passou a acreditar que perdera um tempo precioso estando longe dela e que deveria, a todo custo, recuperá-lo antes que a moça se envolvesse mais profundamente com outro rapaz. Não entendia o que Helena vira em um homem mais velho, logo ela que sempre afirmou ter medo de tornar-se "careta" com o tempo, como via acontecer a tantos com o avançar da idade.

Enfim, após vários dias sem reencontrar a jovem, tentando esquecê-la dando seguimento à sua vida, teve que admitir a si mesmo que sentia falta dos encantos da garota. Não passava um dia sem se lembrar dela e sentia-se atormentado por não poder compartilhar com Helena seus momentos de lazer. Desejava-a intensamente e não sabia como se livrar dessa carência.

Resolveu tentar táticas diferentes para reconquistar a jovem, sem falar diretamente sobre namoro, para não parecer pedantismo de sua parte. Decidido a convencer Helena a repensar seus sentimentos, enviava flores à loja endereçadas à moça e aguardava ansiosamente a reação dela. No entanto, não recebia da jovem nem uma mensagem de agradecimento.

Evitando falar diretamente com Helena, Lucas ligava frequentemente para a casa dela e falava com sua mãe. Dissimuladamente, mostrava-se preocupado com a saúde de Marília, aproveitando para afirmar seus sentimentos pela jovem, a vontade de fazê-la feliz e a saudade que tinha do tempo em que estavam juntos, floreando o relacionamento dos dois como algo romântico e de caráter inesquecível.

Marília ouvia pacientemente o rapaz, desconfiada de que suas intenções não eram as melhores. Da época em que Lucas e Helena estavam juntos, a enferma lembrava-se de que ao lado do rapaz a filha tornou-se descontrolada e arredia, enveredando pelo excesso de saídas noturnas e consumo abusivo de álcool.

Helena, a seu turno, seguia com Marcos em um sólido relacionamento. Os dois encontravam-se quase todos os dias. Marília nunca vira a filha tão bem como estava agora e sentia-se realizada em vê-la tão feliz e equilibrada. Seus sonhos de mãe pareciam realizar-se pouco a pouco, e sentia que logo poderia descansar em paz.

Sentindo-se incomodada com a presença constante de Lucas e preocupada se Marcos soubesse desse concorrente em seu caminho e tivesse um ciúme desnecessário, Marília resolveu falar com a filha sobre o jovem desorientado. Certo dia, quando Helena chegou em casa após o expediente na

169

loja, aproveitou a oportunidade de estar a sós com a garota para abordar o assunto:

— Lucas me ligou hoje. De novo — disse a matrona, aguardando a reação da filha.

— Mesmo? De novo? — perguntou retoricamente Helena. — E a situação ainda é pior do que a senhora pensa. Lucas tem me enviado flores lá na loja. Não sei o que fazer, mãe. Já conversei com ele, evitando ser rude, expliquei sobre as dificuldades de nos relacionarmos, e ele pareceu entender. Não sei o que quer.

— Você sabe o que ele quer. E, por mais que tenha sido compreensivo quando conversaram, parece não ter aceitado muito bem o término do que tinham. Você precisa cuidar disso, filha, antes que esse imbróglio tome maiores proporções e afete seu relacionamento com Marcos.

— Falando com sinceridade, tenho medo de encontrá-lo. Na última vez em que conversamos, no shopping, ele parecia estranho, como se escondesse algo, e senti-me mal em sua presença. Intimamente, torci para que ele fosse embora logo.

— Faça suas preces, filha, e encare a fera — disse Marília em tom de brincadeira. — Mas não deixe de tomar uma atitude.

Helena ouviu a mãe em silêncio e, refletindo sobre o assunto por alguns minutos, pensou que a maneira mais prática de resolver a questão seria enviando-lhe uma mensagem, orando para que fosse o suficiente para resolver qualquer pendência que ainda houvesse entre os dois.

Oi Lucas, boa noite, desculpe enviar uma mensagem tão tarde. Tenho recebido suas flores, e são lindas, obrigada pela consideração, mas não quero lhe dar falsas esperanças de que um dia possamos reatar o relacionamento. Pessoalmente, penso que tivemos um caso cheio de altos e baixos e, por fim, fechamos nossa história como amigos. Passamos bons momentos juntos, claro, foram momentos incríveis, mas a vida muda, e nós mudamos com ela. Eu mesma mudei muito! Espero que entenda que aquela Helena que conheceu e com quem conviveu durante anos, não existe mais e, portanto, não quero que se frustre porque gosto muito de você e quero que seja feliz! Sei que é "namorador" e logo vai encontrar alguém que se encaixe em sua vida, e será muito melhor que eu. Acho que ficávamos juntos por carência, sei lá, e nunca refletimos bem sobre o porquê. Um beijo e boa noite!

Satisfeita com o áudio que gravou, fez o envio. Ainda conferiu o *smartphone* por algumas vezes antes de deitar-se, frustrando-se ao ver que Lucas não ouvira a mensagem. Por fim, acabou vencida pelo cansaço e foi dormir sem resposta.

Lucas, por sua vez, estando em um bar com os amigos, não viu que Helena enviou-lhe uma mensagem. Somente ao chegar em casa, totalmente embriagado, ao conferir o aparelho antes de deitar-se, notou surpreso o fato de ter recebido um áudio da jovem. Ouvi-o atentamente.

As entidades vampirizantes, que entendiam que o conluio entre o jovem e Helena seria de grande proveito, instigavam Lucas à intemperança. E também, o próprio rapaz carregava consigo as sementes do desatino, uma combinação fatal, que poderia pôr a escanteio as noções básicas de bom senso que ainda tinha dentro de si.

Enfurecido, Lucas maldisse Helena, entendendo que esse misterioso homem a enganava de alguma forma e, que em seu estado normal de consciência ela nunca se interessaria por ele. Vencido pela embriaguez, o jovem desfaleceu, deixando para o dia seguinte qualquer decisão.

Capítulo 34
PASSADO

Em algum local do mundo espiritual, os dois assistentes espirituais a tudo assistiam, atentos. Áulus, preocupado, exasperava-se, temendo pelos acontecimentos futuros. Vanessa, mesmo tentando acalmá-lo, não conseguia controlar a própria ansiedade. Já há algumas horas aguardavam Jonas, que, em esferas diferentes da existência, buscava mais dados sobre o caso em questão, pois percebera que o desenrolar dos acontecimentos corria o risco de descambar para caminhos insólitos.

Quando Jonas entrou no recinto, acompanhado de um senhor alto, os dois os olharam com grande expectativa.

— Áulus, Vanessa, este é Sérgio.

Cumprimentando o recém-chegado, os dois assistentes mal acreditavam no que viam. Sérgio, marido de Marília e pai de Helena, estava no plano espiritual há muitos anos e, no entanto, ainda não havia tomado partido no que dizia respeito aos acontecimentos referentes à sua família, pois até o momento as questões relativas ao futuro de seus entes queridos estavam sendo administradas com relativa tranquilidade, obedecendo a um plano maior.

No entanto, um trânsito de forças sinistras e intermitentes tentava interferir no destino de Helena, o que deixava a equipe espiritual muitíssimo preocupada.

— De bom grado, Sérgio optou por passar um período conosco, pois acredita que poderá nos auxiliar com importantes informações sobre os protagonistas de nosso drama, auxiliando-nos a entender o panorama da história, que se desenrola ante nossas vistas. Gostaria de passar-lhe a palavra.

Dando um passo à frente, o homem de tez séria, porte robusto e cabelos grisalhos olhou para todos com os olhos semicerrados, como se os analisasse profundamente. Quando abriu a boca, sua voz grave pareceu ecoar nos ouvidos dos presentes:

— Quando desencarnei, cumprindo um planejamento consolidado muito antes de ter encarnado, havia terminado minha tarefa de auxiliar Marília e Helena a terem uma vida financeira confortável. Materialmente, estavam bem resolvidas e, se fossem inteligentes, não passariam pela aspereza de uma vida sem recursos de subsistência, e muito mais do que isso, usufruiriam de um grande conforto se se tornassem boas administradoras. Da mesma forma, ficaram para ambas as bases da doutrina espírita e, se seguissem seus preceitos, estariam no caminho redentor para alcançarem a felicidade futura. Cheguei ao mundo espiritual entristecido por deixar na Terra as duas pessoas que mais amava, no entanto, não estavam desamparadas, e isso me foi um bálsamo, que me deu o consolo necessário para seguir adiante, enquanto na vida delas se cumpriria a lei de causa e efeito, como determina a ordem divina.

"Uma prece de Helena, feita alguns dias atrás, chamou-me muito a atenção. Foi com grande felicidade que pude notar sua transformação íntima e os cuidados que empreendia em prol da mãe enferma. Ao mesmo tempo, iniciava um relacionamento com excelente rapaz, adepto da fé espírita. Foi com imenso júbilo que vi que todos os esforços que empreendi em vida estavam gerando belos frutos.

"Mas ao mesmo tempo em que Helena e Marília cresciam como seres humanos, outras forças também cresciam. Enquanto minha querida filha estava imersa em vícios, ignorando os compromissos assumidos desde longa data, seus inimigos desencarnados a mantinham sob a custódia da rédea curta. Utilizando-se de vampiros que a acompanhavam diuturnamente, mantinham-na refém de suas deliberações.

173

"Felizmente, Helena acordou para realidade da vida. Vendo-se portadora de responsabilidades extras quanto à saúde da mãe, deu o máximo de si nos cuidados com a genitora, além de acompanhá-la à casa espírita. Teve também a oportunidade de conhecer um homem detentor de qualidades que ela desconhecia no sexo masculino. Dessa forma, Helena foi exposta a um novo influxo de forças, que a fizeram se desconectar das influências mordazes que sofria, provando que a força de vontade do ser é mais poderosa que qualquer obsessão.

"Lucas, infelizmente, possui profundas ligações com ela advindas de experiências remotas vividas por ambos. Helena, há alguns séculos, foi cortesã, e Lucas dominava-lhe as atenções como um rico amante que a sustentava e dela usufruía os prazeres de costume. Enfim, o estilo de vida de ambos acabou por fazer com que se reencontrassem nesta existência, no entanto, grandes inimigos do passado também os encontraram. Muitas foram as traições que empreenderam juntos, explorando e magoando, amealhando ódios variados contra si.

"Por trás dessas entidades vampirizadoras que hoje atentam contra a sanidade de Lucas, existe um complexo processo de resgate acontecendo, objetivando evitar sua queda em desgraça. Helena, com certeza, estaria em posição análoga se não tivesse modificado suas aspirações e, por isso, entendemos as bênçãos que, muitas vezes, a enfermidade nos traz. No entanto, não significa que minha filha esteja imune ao ataque das trevas. Se não podem atuar sobre ela, podem atuar sobre aqueles que a cercam. Lucas, reincidindo nos erros do passado e em decorrência de suas escolhas, torna-se instrumento mais que maleável nas mãos de seus opositores que visam se vingar dele e de Helena.

"Esse embate de forças culminará em breve, e cabe a nós fazer nossa parte, buscando inspirar os encarnados na tomada das melhores decisões contra as forças das trevas, que se fazem presentes em suas existências.

"A fé na misericórdia de Deus, que dá aos personagens dessa intrincada trama novas oportunidades de vida, será o sustentáculo de nosso trabalho! Sabemos que Helena tem muitos débitos, mas sua postura reta e a esperança em um futuro melhor têm-na poupada de muitos dissabores. Oremos, meus irmãos, para que, nos próximos dias, mesmo passando pelos tormentosos caminhos da expiação regeneradora, Helena saia incólume para brilhar em um novo trâmite de vida!"

Tanto Áulus quanto Vanessa mostravam-se admirados com a elevação moral de Sérgio. Nunca pensariam que o homem possuía tanto avanço espiritual, tornando-se um verdadeiro detentor da fé inabalável, que conquista corações e move montanhas. Jonas parecia admirá-lo consideravelmente, não só por ser uma figura chave na solução daquele caso, mas por sua força de vontade, que os reabastecia de novas disposições para a vitória sobre os desafios que viriam.

— Devemos antecipar-nos aos nossos irmãos enfermos — disse Jonas. — Observemos a confluência de forças para que possamos agir no momento oportuno.

Capítulo 35
ACIDENTE

Durante todo o dia seguinte, Lucas foi atormentado por pensamentos invasivos e conflitantes. Ora pensava em ligar para Helena e tirar satisfações, ora pensava em esquecê-la completamente. Se dispusesse de grandes potenciais mediúnicos, veria que o conflito mental era apenas reflexo do embate de forças espirituais que o cercavam, sendo ora influenciado por seus grandes inimigos do passado, ora por Vanessa e Áulus, que lhe acompanhavam diariamente, tentando fazer com que se esquecesse de Helena e seguisse com a vida, abrindo-se a novas oportunidades de relacionamento.

No entanto, por mais dedicados que fossem os assistentes, o jovem carregava dentro de si os ímpetos acumulados de séculos a fio. Logo ao sair do trabalho, foi diretamente para a *happy hour*, com os amigos. A inspiração dos assistentes acabava ali naquela mesa de bar.

Vanessa e Áulus puderam ver as densas energias que passaram a envolvê-lo quando seu padrão vibracional caiu vertiginosamente, sob o peso do vício e das companhias vampirescas que, sentando-se ao seu lado, revezavam-se como se estivessem incorporadas ao rapaz, sorvendo cada gole da bebida destruidora.

Frustrados, os amigos espirituais viam Lucas buscando uma companhia por ali mesmo e, quem sabe, fosse uma parceira fiel ao seu estilo de vida, como havia sido Helena.

Embora fosse doloroso pensar assim, já que o ideal era que o rapaz se desvinculasse dos vícios conhecendo uma boa alma que o auxiliasse a superar os traumas de vidas anteriores, a natureza não dava saltos, e seria difícil que do dia para a noite Lucas se transformasse de ébrio para sóbrio, e de infiel para fiel.

Por volta das 21 horas, Lucas teve uma ideia — não uma ideia própria — e pensou em fazer uma surpresa para Helena. O rapaz decidiu que esperaria a jovem em frente ao prédio dela. Lucas disse aos amigos que tinha um encontro com uma garota que não conheciam, despediu-se rapidamente e se pôs a caminho. Imaginou que talvez Helena saísse do shopping antes que fechasse, já que estava evitando sair muito tarde por causa da mãe. Inconsequente no trânsito, em poucos minutos estacionava à porta do edifício.

Lucas desceu do carro, foi até o porteiro e perguntou-lhe se Helena havia chegado. O funcionário respondeu que não.

O rapaz entrou no carro novamente e aguardou pacientemente. Não se passaram mais que vinte minutos e ele viu o carro da jovem entrar na garagem do prédio. Ela chegara. Pouco depois, retornou à portaria e pediu que o porteiro interfonasse para o apartamento da moça, ele mesmo falaria com ela:

— Pronto!

— Helena, oi!

— Quem é?

— Lucas!

— O que faz aqui?

— Ouvi seu áudio, queria falar com você.

— Mas... Falar mais o quê?

— Só queria aproveitar para acertar as coisas.

— Um segundo, vou descer.

Por um instante, Helena mostrou-se hesitante, pensou em ligar e pedir desculpas, que não poderia descer por um mal-estar repentino que acometera a mãe. No fundo, tinha medo de reencontrá-lo e o diálogo acabar em discussão. Queria evitar desgastes, mas, refletindo melhor, optou por descer. Seria a oportunidade de encerrar essa história de uma vez por todas e, quem sabe, até lhe contar que estava namorando.

— Quem era no interfone? — perguntou Marília.

— Mãe, Lucas está aqui.

— E você vai vê-lo? Não mandou uma mensagem?

— Sim, mas ele quer falar. Estou cansada disso e quero pôr um ponto final nessa história. Preciso me livrar dele, mãe.

— Helena, cuidado! Uma pessoa apaixonada pode ser capaz de atos inimagináveis, e não quero que corra riscos.

— Tudo bem, mãe.

E logo que a jovem fechou a porta de casa, a abnegada mãe pôs-se a orar fervorosamente em favor da filha amada e perseguida. Ao mesmo tempo, Helena descia o elevador rogando que o pai desencarnado a protegesse de todo o mal.

Assim que Helena pisou na calçada, viu o carro do jovem estacionado quase em frente ao prédio. Pela janela, ele fez sinal para que ela entrasse. Respirando fundo, contrariada, foi até ele pensando: "Poxa, Lucas, vai querer conversar dentro do carro? Não estamos mais namorando!".

Ainda assim, Helena abriu a porta e sentou-se no banco do passageiro. Com a tez fechada, ela olhou para o rosto do rapaz.

— Boa noite! Tudo bem com você? — Lucas perguntou calmamente, com um sorriso no rosto.

— Eu estou ótima — Helena disse, entendendo que aquela conversa *realmente* precisava acontecer. Mais triste que nervosa, propôs a si mesma ouvir o rapaz uma última vez. — Ouviu meu áudio? O que achou?

— Achei que estava certa. A fila anda, afinal. Está com fome?

— Estou, mas quero mais voltar para casa do que comer, minha mãe me espera.

— Vamos comer alguma coisa, é rápido. Na lanchonete de sempre.

Pela voz pastosa do rapaz, Helena percebeu que ele havia bebido, no entanto, como se mostrava controlado e educado, dando-lhe razão aos argumentos, refletiu alguns instantes e, mesmo a contragosto, concordou acompanhar o jovem. Não tinha raiva dele, pelo contrário, tinha-lhe muita afeição e talvez o medo que sentisse de reencontrá-lo fosse fruto mais da tentação de estar ao seu lado do que de fato receio de que ele lhe fizesse algo prejudicial. Lucas era atraente e sedutor, e Helena podia fraquejar. Trazendo Marcos à mente, afastou de si qualquer desejo latente pelo rapaz.

Relaxando, por fim, Helena pensou que aproveitaria para comer algo também. No caminho, foi torcendo para que ninguém os visse juntos, já que seria constrangedor ter de explicar ao atual namorado o que fazia em companhia de um ex, tarde da noite.

Fizeram os pedidos depois de se sentarem e decidirem o que iriam comer. Lucas foi o primeiro a falar.

— Vi você no shopping esta semana. Estava de saída, quando vi você aos beijos com um "coroa".

Pega de surpresa, Helena gelou até a alma. Nunca imaginara estar sendo observada na intimidade.

— Está me vigiando agora? Me seguindo como aqueles psicopatas dos filmes? — perguntou rindo, fingindo um tom cômico que escondia uma ponta de preocupação.

— Foi apenas uma coincidência, Helena, relaxe — mentiu Lucas. — E como ele é? Gosta dele?

Desconfortável com o assunto, Helena irritou-se, pois não lhe devia explicação alguma sobre o que fazia ou com quem saía.

— Quer mesmo saber? Se quiser, conto os detalhes, acho que vai adorar saber o que ele faz comigo. Deve ter notado que é mais velho, portanto, sabe mais truques que os garotinhos — disse provocante, a ponto de perder a paciência.

— Não seja atrevida, dispenso esse tipo de comentário "dona" Helena. Não era isso que queria saber. Queria saber se gosta dele... Queria saber o que ele tem de especial, só isso. Quem sabe eu mesmo não aprenderia alguma coisa?

A calma e a educação de Lucas impressionaram Helena. O que ele queria, afinal? Torturar-se? Ou torturá-la? Respirando fundo, a moça continuou a falar:

— Lucas, ele é um homem normal. É gerente de importações. É 12 anos mais velho que eu, mas não acho muito. É um homem maduro, muito diferente dos homens que namorei até hoje, e perfeitamente compatível com a fase que estou vivendo.

— E que fase é essa? A enfermidade de sua mãe a modificou tanto assim?

— Não sei se modificou ou se resgatou quem eu era quando mais jovem, antes mesmo de conhecer você. Nem sempre fui assim saliente como quando me conheceu, sabia?

— Então a conheci na melhor fase — disse rindo da própria observação.

— Durante muito tempo achei que a Helena verdadeira era essa, que se jogava na vida sem pensar no amanhã. Hoje penso diferente. Talvez seja a idade.

— Ah, pare com isso. Parece minha mãe falando! Isso é culpa do "coroa", as manias dos velhos já estão impregnando em você — falou rindo novamente de si mesmo.

Mesmo que Lucas tivesse um jeito jocoso de ser, Helena o achava divertido e bem humorado e sabia que toda essa implicância era puro ciúme, por gostar excessivamente dela. Após lancharem, continuaram a conversar por mais alguns minutos.

Preocupada com o horário avançado, Helena aproveitou que Lucas mostrava-se sonolento e o convidou para irem embora.

— Acho que é hora de ir, "garotinho" — a moça disse dando-lhe um safanão na cabeça.

— Penso que sim. Mas foi tão rápido! Nem tive tempo de matar a saudade — disse brincalhão.

— Ah, tempo você teve, mas preferia sair comigo nos meus tempos de "matadora", e esses já foram! Vai ter que matar essa saudade com outra, "senhor" Lucas. Vamos que está tarde!

Os dois entraram no carro, e Lucas fez o retorno para levar Helena para casa. No entanto, em um cruzamento próximo, tomou novo rumo.

— Lucas, aonde está indo? — perguntou Helena, esperançosa de que o jovem apenas tivesse errado o caminho, fosse abastecer o carro ou passar em alguma distribuidora de bebidas.

— Estou indo ali... — disse evasivo.

— Ali onde, pode me dizer?

— Ali, ora, você vai ver...

Lucas pegou o acesso para uma das avenidas marginais que cortavam a cidade. Helena entendeu, então, quais eram as intenções do rapaz. Costumavam tomar esse caminho quando, na época em que ainda saíam, iam ao motel mais próximo.

— Você não está pensando que vou dormir com você, está?

— Não estou pensando nada, estou apenas indo. Chegando lá, você decide o que faremos.

— Lucas, deixe de ser abusado, homem! O que está pensando, afinal?

— Helena, será nossa despedida. Vamos encerrar nossa história com chave de ouro! O que acha? Será nossa última noite juntos! Merecemos uma última vez!

A jovem não acreditava no que ouvia e no que estava acontecendo. Buscando equilíbrio, tentou argumentar uma vez mais.

— Lucas, escute, não vai rolar mais nada entre a gente. Dê meia-volta, me deixe em casa e aí você pode ir atrás de quem quiser.

— Eu quero você, Helena, uma última vez!

Segurando o volante com apenas uma mão, Lucas acariciou as pernas da jovem e levou um tapa logo em seguida.

— Me respeite, Lucas!

— Mas eu te respeito. Respeito tanto que quero te dar o que você mais gosta — e riu da observação.

O jovem parecia fora de si. Não a ouvia, pelo contrário, mostrava-se alheio a todos os argumentos dela. Tomada de desespero, Helena teve medo de ser violentada. Não sabia mais o que esperar do rapaz, de quem tanto gostara um dia, mas que agora, transformado em um monstro, mostrava-lhe um lado desconhecido.

Novamente, Lucas tentou acariciar o corpo da jovem que, tomada de desespero, deixou que o ímpeto falasse mais forte. Aproveitando-se de que o rapaz segurava a direção do carro com apenas uma mão, Helena, em um salto, levou as mãos ao volante, segurou-o firmemente e, logo em seguida, o puxou com toda a força de que dispunha, ante o olhar terrificado do jovem obsedado.

O baque foi imediato. Para os dois, tudo pareceu acontecer em câmera lenta. Em alta velocidade, o automóvel ergueu as rodas do asfalto como se alçasse voo, deu uma forte guinada e girou lateralmente, batendo com força no asfalto. Quando o carro chocou-se violentamente contra o chão, acionou os *airbags* e vários vidros se quebraram, provocando uma chuva de cacos de vidro brilhante sob o luar.

Helena, infelizmente, retirara o cinto de segurança para tomar o controle da direção. Atordoava pelo capotamento, a moça via o mundo girar, sem controle de si. Sentiu-se voando sem rumo, foi arremessada violentamente a esmo.

O automóvel capotou várias vezes antes de finalmente cair com a lateral do motorista no chão, ainda girando sobre a pista.

Após o acidente, um silêncio brutal se fez. Não se ouvia uma viva alma. Aos poucos, algumas luzes de residências próximas foram sendo acesas. Do alto dos prédios algumas pessoas puderam ver o trágico acidente. Logo um carro, que ia pelo mesmo caminho que o do infeliz casal, parou ao ver o amontoado de ferro retorcido a que fora reduzido o carro de Lucas. Ali um retrovisor, acolá uma lanterna. Ao redor, inúmeros pedaços irreconhecíveis arrancados à força da carcaça forravam o chão e, por toda parte, havia vidro estilhaçado.

Logo as pessoas foram chegando, amontoando-se ao redor da tragédia, fruto da intemperança humana. O resgate foi logo chamado e, durante um bom tempo, das janelas dos prédios, via-se o giroflex da ambulância iluminando a marginal madrugada afora.

Capítulo 36
AUXÍLIO

Quando Helena despertou, não conseguia enxergar nada. Ao redor, havia apenas trevas. Seu corpo estava todo dolorido e mal conseguia se mexer. Sentia muita dor na região da bacia, que lhe ferroava a qualquer sinal de movimento.

Sentiu um cheiro nauseabundo e esforçou-se, em vão, para ver onde estava. Notou a luz do luar refletindo em uma água suja. Na verdade, constatou que ela mesma estava sob a água, com meio corpo dentro do que parecia um agitado lamaçal.

A jovem tocou-se para verificar se estava inteira e sim, sentiu as mãos, as pernas, os pés sob a água e tudo mais. Parecia inteira. Passando a mão nos cabelos, sentiu os cacos de vidro e, nesse momento, foi como se todos os acontecimentos dos últimos minutos de lucidez lhe viessem à mente, de uma só vez.

Tentou recompor-se um pouco mais, recostando-se de maneira mais confortável, mas a dor era lancinante. Por fim, ajeitou-se como conseguiu. Estava totalmente atordoada. Helena pensou ter desencarnado, aportando diretamente em alguma região umbralina. Teve certeza de que isso acontecera.

Tremendo, Helena tateou ao redor e sentiu que havia uma pobre vegetação e o que parecia ser muito lixo, formado por pedaços de coisas que não sabia o que eram. Após

acalmar-se um pouco, notou que um grande paredão erguia-
-se à sua frente e às suas costas.

A jovem respirava tão ofegante que mal podia ouvir o que se passava à volta dela. Ao longe, ouvia vozes e alguns gritos ininteligíveis. Por fim, deu-se conta de que estava imersa em água corrente, algo como um riacho extremamente poluído, cheio de dejetos. Frente ao odor insuportável que lhe feria as narinas, vez ou outra a náusea lhe dominava, causando refluxos dolorosos.

Lembrou-se das histórias de André Luiz quando descrevia as regiões umbralinas, e onde estava lhe pareceu muito verossímil, em concordância com as obras espíritas.

Como sentiu-se incomodada por dores atrozes, passou as mãos por todo o corpo tentando notar algo estranho, como um osso quebrado na região da cintura, da bacia ou talvez o próprio fêmur houvesse se rompido. Não sentiu nada quebrado, mas notou que um rígido objeto pontiagudo havia entrado na parte alta da coxa, onde o fêmur se encontrava com o osso da bacia, na altura das nádegas. E entrara profundamente, de modo que o menor movimento gerava uma terrível dor.

Helena não entendia como, no mundo espiritual, isso poderia estar acontecendo e imaginou que estivesse sob a ação da própria ideoplastia. E, como mentalizar o desaparecimento do objeto não dera resultado, optou por retirá-lo.

Com as duas mãos, rasgou o vestido que usava descobrindo o objeto. Ficou imaginando que, se estivesse na Terra, com certeza, sofreria uma infecção generalizada graças à água infecta em que estava mergulhada. Arrastando-se um pouco mais à margem, deixou fora da água o ferimento. Com as duas mãos agarrou fortemente o objeto e, sem pestanejar, o puxou com toda a força.

Por muito tempo, Helena se lembraria da dor que sentiu, como a pior que sentira em toda a existência. Acometida por uma forte vertigem, deixou que amainassem as sensações torturantes. Apesar do ferimento que latejava, sentiu-se mais confortável, ainda que a ferida estivesse aberta e minando sangue ainda quente.

Descansou por alguns minutos para retomar o fôlego e resolveu arriscar-se a ficar de pé. O corpo doía-lhe em incontáveis partes e, tocando a pele, sentiu que estava esfolada em várias regiões, mesclando arranhões e cortes mais ou menos profundos, que, por isso, ardiam em contato com a água imunda.

Encostando-se ao paredão, Helena passou a observar ao redor. Ouvia, vez ou outra, uma turbulência vinda do alto das encostas, como se algo passasse em alta velocidade, mas só conseguia enxergar nuvens cinzentas.

Além das dores, o frio passou a incomodar Helena. Logo as lágrimas vieram abundantes, acompanhadas de gritos alucinantes de socorro. Buscando manter-se rente ao paredão de pedra, foi arrastando-se vagarosamente para ver o que encontrava mais à frente. Foi quanto ouviu um estrondo vindo do alto, e, buscando com a visão o que poderia ser, viu um avião sobrevoar muito alto o local onde estava.

Foi então que Helena soube que não estava morta. Não estava no umbral. Estava dentro do córrego central que permeava a avenida marginal. Durante o acidente, por estar sem o cinto de segurança, fora arremessada para o vão que separava as duas pistas.

Sentiu-se tola, mas ao mesmo tempo feliz por estar viva. No entanto, por que ainda não iniciaram os resgates? Por que ninguém a procurava? Com certeza estaria próxima ao local do acidente e poderia ser achada facilmente. Tentou ouvir o movimento na superfície, mas só havia um desolador silêncio. Como não estava usando relógio e perdera o aparelho celular, não tinha ideia de que horas eram. Tanto o acidente poderia ter acabado de acontecer, como poderiam ter se passado várias horas.

Helena tornou a gritar, inutilmente. Novamente o desespero ameaçou tomar conta dela, mas retomou a calma e optou por fazer uma prece. Silenciando a mente, orou como nunca havia orado antes. Em voz alta, pediu perdão e agradeceu a Deus, recordando-se de seu querido pai desencarnado.

Cansada, quase vencida pelo cansaço e pelas dores que a consumiam, teve então uma ideia, que lhe veio quase como um sussurro. Resolveu ir se arrastando pela parede até ver o que encontrava. Recordou-se de que nas vias marginais alguns dutos despejavam dejetos urbanos no córrego. Talvez nesses pontos conseguisse subir, encontrando proteção dentro da manilha.

Durante alguns minutos, lentamente, pé ante pé, foi se arrastando sem desencostar-se da parede que a apoiava. Por fim, enxergou o grande tubo gotejante que se destacava da parede interna. Acelerando o passo, chegou até ele e segurou em sua borda. Precisava erguer-se e subir, mas teria que utilizar todas as forças ainda disponíveis, pois a base da manilha estava acima de sua cabeça.

Embalada por uma força descomunal, Helena ergueu-se gritando de dor e jogou o corpo no vão da grande tubulação. Ficou deitada por alguns instantes, esgotada. Enfim, vencida pela dor e pelo cansaço, desfaleceu, perdendo os sentidos.

Capítulo 37
RESGATE

Quando Helena abriu os olhos, estava em seu antigo quarto, na casa em que passou toda a infância e o início da adolescência, antes de se mudarem para o atual apartamento. Calmamente sentou-se na cama. A jovem olhou ao redor e tudo estava intacto, todas as suas coisas lá, cada qual em seu lugar. Antes que pudesse se levantar, seu pai entrou no quarto sorridente e escorou-se no portal.

— Foi difícil trazê-la até aqui, Helena — disse afável. — Você continua a teimosa de sempre! Mas agora está tudo bem, está segura. Sei que passou por maus bocados. Apenas descanse.

Helena, então, foi acordada de seu sonho por um forte grito.

— Encontramos!

Abriu os olhos e viu que amanhecia. Só depois notou o bombeiro que estava à sua frente.

— Está machucada? Consegue se levantar? — o rapaz perguntou solícito.

— Eu... Eu não sei.. — Helena respondeu titubeante, tentando erguer-se. Mas a dor fê-la recuar e deitar-se novamente.

O bombeiro solicitou um companheiro para auxiliá-lo e, juntos, retiraram Helena da manilha onde estava deitada. Logo em seguida ministraram-lhe os primeiros socorros. A jovem havia perdido muito sangue e estava muito fraca.

Em vão, Helena tentou explicar o que houve, mas não conseguiu. Olhou-se e viu que estava em frangalhos. Seu corpo era um misto de sujeira e sangue. Havia hematomas e escoriações variadas, além de vários cortes, mal se via a cor de sua pele. Como rasgara o vestido para desvencilhar-se do objeto que perfurara sua perna, de sua roupa restaram apenas farrapos incapazes de cobrir sua nudez.

Helena foi levada às pressas ao hospital e internada na unidade de terapia intensiva. O profundo ferimento da perna acusava necrose e seu organismo já manifestava os primeiros sinais de infecção generalizada. Precisava de uma transfusão urgente de sangue.

Para a jovem, tudo parecia um sonho distante. Medicada, sedada e entubada, estava sob o efeito de pesados medicamentos. Não entendia muito bem o que acontecia e na maior parte do tempo não estava lúcida. Parecia ver Marcos e sua mãe, depois via o pai ao seu lado dizendo-lhe palavras de carinho e otimismo. Helena não sabia diferenciar a realidade física da espiritual e julgava estar sonhando o tempo todo.

A jovem não soube mensurar o tempo em que ficou internada na UTI sob forte medicação. Presa a uma cama de hospital, dias e noites misturavam-se em um contínuo ir e vir de enfermeiros e médicos.

***

Helena acordou em um lugar diferente. Não era mais um quarto amplo, com equipamentos médicos e profissionais correndo de um lado a outro. Abrindo os olhos preguiçosamente, tentando ainda se adaptar à luz ambiente, viu uma TV ligada. Aos poucos, os sentidos dela foram retornando e, olhando para o lado, viu Marcos deitado em um sofá. Resmungou algo, tentando chamar-lhe a atenção.

— Helena, acordou? — disse o rapaz, dando um salto de onde estava e indo até ela.

— Sim... O... que... houve? — perguntou a jovem com a voz pastosa, tentando ajeitar-se na cama.

— Aconteceram muitas coisas, Helena... Mas está tudo bem agora. Você está bem, sã e salva.

Olhando ao redor, a garota viu um calendário, ergueu o braço com dificuldade e apontou com o dedo, sem conseguir falar.

— A data de hoje? Sim, é essa mesma. Você passou dez dias muito difíceis.

A jovem quis falar, mas não conseguiu. Sentia-se fraca. Por fim, entregou-se ao sono, sentindo-se feliz de saber que Marcos estava ao seu lado.

Quando Helena acordou, em definitivo, mostrava-se lúcida e ativa, pois já havia passado o efeito dos medicamentos. A primeira coisa que fez foi chamar o namorado, assim que o viu ao seu lado.

— Marcos!

— Helena? Acordou ou ainda está dormindo?

— Acho que acordei de vez.

Ele levantou-se e foi até ela, beijando-lhe a testa.

— Finalmente despertou para a vida! Não aguentava mais de expectativa — o rapaz falou carinhosamente, segurando a mão da namorada.

— Estou muito confusa. Quero saber o que houve e onde estou!

— Você passou por maus bocados, até nós queremos saber o que realmente houve!

Repassando mentalmente as lembranças que conseguiu resgatar, Helena recordou-se de que estivera com Lucas e sentiu-se constrangida, pois Marcos talvez julgara mal a situação ao saber que ela estava com outro homem.

— Perdoe-me, Marcos. A essa altura já deve saber de tudo o houve. Não fiz nada por mal...

— Escute, Helena, não estou aqui em posição de lhe fazer julgamentos morais, sem antes saber o que houve na noite do acidente. Fique à vontade para falar o que quiser, mas não se esforce em demasia, ainda não está totalmente recuperada.

Helena sentiu o grave tom de voz que o namorado usou com ela. Entendendo que lhe devia alguma satisfação, a moça quis voluntariamente falar de tudo o que se lembrava.

Organizou mentalmente o que falaria e começou a narrativa das últimas horas que antecederam a tragédia.

— Havia um rapaz com quem saía de vez em quando. Quando o conheci, era ainda muito nova, nos relacionamos, depois demos um tempo, ele foi estudar fora e recentemente retornou ao Brasil. Por acaso, passou na loja, nos vimos e acabamos retomando o relacionamento. Mas tudo isso foi antes da doença da minha mãe. Quando descobrimos que ela estava com câncer, precisei mudar de hábitos. Foi quando conheci você, Marcos.

O rapaz a ouvia silencioso.

— Enfim... Como eu e ele só nos encontrávamos esporadicamente, quando Lucas me procurou para sairmos, eu estava muito envolvida com os problemas de saúde de minha mãe, e, além disso, já estava interessada em você! Tentei dispensá-lo várias vezes, mas ele não aceitou. Não lhe contei sobre isso, mas Lucas me enviava flores constantemente e importunava minha mãe, ligando para ela quase todos os dias.

"Cheguei a mandar-lhe uma mensagem, explicando a impossibilidade de continuarmos a nos encontrar, mas, mesmo assim, ele foi até lá em casa, no dia do acidente. Saí com ele para comer alguma coisa e, mais uma vez, explicar-lhe que não queria reatar nossa história. Sei que foi aí que cometi meu maior erro, que culminou em todos os outros acontecimentos infelizes da noite. Não julguei que Lucas fosse perigoso, nem que ele alimentasse falsas esperanças apenas pelo fato de ter aceitado acompanhá-lo à lanchonete. No entanto, ele não quis me levar para casa, e, em busca de sexo, tomou o rumo da marginal, a caminho do motel mais próximo. Foi quando avancei sobre o volante do carro, provocando o acidente..."

Marcos suspirando, interrompeu Helena.

— Foi um acidente terrível. Sua mãe estranhou sua demora e ligou-me para saber notícias. Não soube dizer nada e preocupei-me. Mas, felizmente, minha sogra não conseguiu segurar a língua e contou-me do tal Lucas — o rapaz disse rindo.

Enrubescida de vergonha, Helena apertou os lábios, pedindo perdão mais uma vez.

— Sem saber o que fazer, fui até sua casa e fiquei lá com sua mãe. Ligamos para você inúmeras vezes, sem resposta. Acabei dormindo lá mesmo e, então, durante a madrugada ficamos sabendo do acidente, quando recebemos uma ligação do hospital.

Marcos continuou a explicação:

— O que houve foi que o tal Lucas foi resgatado inconsciente, e como não encontraram mais ninguém, os bombeiros julgaram que só havia ele no carro. Mas no hospital, após ser atendido pela emergência, ele acordou e procurou por notícias suas, algumas horas depois do acidente. Só então as buscas começaram. Quando acharam você, já havia amanhecido.

— E essa história toda aconteceu há dez dias? — perguntou incrédula.

— Exatamente. Do que se lembra?

— Lembro que acordei dentro d'água, no meio do lodo e do lixo, na mais completa escuridão e com o corpo todo dolorido. Achei que havia desencarnado e estava nas regiões umbralinas, acredita nisso? Demorei alguns minutos para perceber que estava dentro do córrego, viva. Tinha um objeto enfiado na minha perna, impedindo-me de me mover. Rasguei a roupa, arranquei-o de lá, quase morrendo no processo, e me levantei. Lembro que fiz uma prece e logo me veio a Ideia de ir andando cautelosamente até achar uma manilha da rede de esgotos em que pudesse me proteger e descansar.

Helena continuou narrando o que aconteceu:

— Acho que foi meu pai que me ajudou, acredita? Ouvi sua voz me dizendo o que fazer e, quando adormeci, sonhei com ele me dizendo que foi difícil me salvar. Tenho certeza de que me auxiliou!

— Você nos deu um grande susto, Helena. Chegou aqui em estado lastimável e, sinceramente, tivemos sérias dúvidas de que sobreviveria. Você estava com um ferimento enorme, quase necrosado, e havia perdido muito sangue. Tinha outras escoriações por toda parte, além de duas costelas quebradas e uma infecção generalizada.

"Seu organismo só começou a responder aos medicamentos após cinco dias na UTI! Entenda que, como já perdi uma namorada em um acidente, senti-me um homem maldito, como se destruísse tudo o que tocasse. Mas, graças a Deus, você está bem!"

Com lágrimas nos olhos, Helena e Marcos se beijaram. Descobriram, com tudo o que passaram, que se amavam imensamente e fariam qualquer sacrifício para ficarem juntos.

— Me ajuda a me levantar? Quero ver em que estado estou.

— Claro, vamos, eu te ajudo. Cuidado com a perna, você passou por uma cirurgia no local do ferimento.

Com dificuldade, Helena levantou-se. Todo o corpo doía-lhe. Apoiada em Marcos, desceu da cama e foi até um grande espelho que havia no quarto, sem ainda conseguir pôr o pé direito no chão. Solicitando que o namorado desamarrasse o avental hospitalar que lhe cobria o corpo, retirou a roupa e, ainda apoiada ao homem, olhou-se nua no espelho, analisando as sequelas do acidente.

Alguns curativos cobriam-lhe a pele alvíssima. Manchas levemente arroxeadas ainda marcavam-na aqui e ali, mas notava-se claramente que a moça estava se curando. De um lado das costelas encontrou alguns pontos e na coxa direita, à altura das nádegas, havia um grande curativo. Vestiu-se novamente e olhou seu rosto no espelho. Levara alguns pontos ao lado da sobrancelha, e o olho estava levemente arroxeado e um pouco inchado.

— Estou péssima! Pareço o Frankenstein!

— Helena, olhando-a agora, vejo que está ótima. Na primeira semana, depois do acidente, você estava mais roxa do que branca. Mal podíamos ver seu olho esquerdo, tamanho o inchaço, e essas manchas levemente arroxeadas eram de um violeta vivo!

Ambos riram da observação.

— E o Lucas? O que aconteceu com ele? — Helena perguntou um pouco constrangida, porém, com genuíno interesse para saber notícias do inconsequente rapaz.

— Acho que ainda não era a hora dele. O *airbag* e o cinto de segurança o salvaram. No entanto, os cacos de vidro o cortavam bastante e o fato do carro ter capotado várias vezes, violentamente, fez com que sua perna esquerda fosse esmagada, tamanho o afundamento que se deu na porta do motorista. Já passou por uma cirurgia de reconstrução óssea, mas ainda virão outras — disse Marcos, demonstrando certa contrariedade ao falar sobre Lucas.

— Acho que também não era minha hora — disse Helena, tentando quebrar o clima pesado que se fez ao término da história contada pelo namorado.

Por fim, Helena e Marcos sorriram satisfeitos por terem a companhia um do outro e agradecidos a Deus por ter concedido à jovem uma nova chance.

Capítulo 38
ESPERANÇA

Aliviados com o desenrolar da história, Sérgio, Jonas e os dois assistentes reuniram-se uma última vez para colher os aprendizados da situação vivida por Helena e Lucas.

— Felizmente, esse drama teve um final feliz. Acredito que os dois aprenderam muito com o ocorrido — disse Jonas.

— No passado, ambos deixaram cicatrizes profundas em muitas pessoas que neles confiaram. Hoje, estão carregando as próprias cicatrizes, para não se esquecerem do cuidado que devem ter no convívio em sociedade — obtemperou Sérgio.

— Mas o acidente era realmente necessário? Quer dizer, Helena poderia ter controlado seus ímpetos e feito outras escolhas? — questionou Áulus.

— A impetuosidade é um traço marcante de Helena, faz parte de seu temperamento. Desde pequena, ela foi assim, agia sem pensar nos riscos ou nas consequências. Quando acreditava em algo, partia em sua defesa sem muito pensar sobre sua real relevância. Muitas vezes, agia baseada somente nas emoções, magoando ou assumindo compromissos sem pensar nas consequências, para logo depois arrepender-se. O ímpeto de agir é uma ótima qualidade, uma vez que a ação leva à transformação de uma situação, mas é preciso encontrar o equilíbrio entre ação e pensamento. Permear os atos de consciência, agir pensando nas consequências e assumir os riscos por nossas ações trazem uma modificação fundamental em nosso ser: harmonia.

Sérgio continuou:

— Mas, retornando à sua questão inicial, não creio que essa situação tivesse um desfecho melhor. Façamos, então, um exercício de reflexão hipotético: sabemos que no momento do acidente, o jovem Lucas mostrava-se obstinado e agressivo. E se Helena o tivesse acompanhado até o destino e fosse violentada? E Lucas, porventura, não seria consumido pela culpa criminosa de ter abusado de alguém que lhe tinha confiança, ou pior, ter tirado a vida de Helena sob a influência de obsessores cruéis, por medo de ser entregue à justiça? Ou mais, não poderia Helena, negando as investidas do rapaz, ter tido uma reação ainda mais explosiva e tomado de um objeto qualquer a título de arma e tirado a vida do rapaz? A imaginação nos leva a opções possíveis e nada consoladoras ao analisarmos o desenrolar desse encontro insólito encontro. Mas, felizmente, Helena pôde nos ouvir nos momentos cruciais de sua desdita, o que lhe despertou novo ânimo na luta pela própria vida. Nos tranquilizemos com a certeza de que a misericórdia divina agiu com a sabedoria de sempre, e nisso deverá residir nossa fé. A esperança, daqui em diante, é que nossa querida Helena tenha encontrado o caminho para o equilíbrio entre o pensar, o sentir e o agir, alicerçando uma vida plena de realizações conscientes e duradouras — esclareceu Sérgio.

— E, da mesma forma, torço para que Lucas aprenda a lição de que precisava, para que saiba limitar suas atitudes, em respeito a si mesmo e, principalmente, em respeito aos outros — completou Vanessa.

Pensando por um instante, Jonas disse:

— Não temos como passar incólumes à lei de causa e efeito. Lucas teve nova oportunidade para traçar seu destino, no entanto, enveredou por caminhos escusos e, infelizmente, Helena lhe fez par. Mas está escrito no livro de Ezequiel: "Vivo eu, diz o Senhor Deus, que não tenho prazer na morte do ímpio, mas em que o ímpio se converta do seu caminho, e viva.

Convertei-vos, convertei-vos dos vossos maus caminhos; pois, por que razão morrereis, ó casa de Israel?"[5]. Acredito fielmente que em apenas uma existência podemos ter várias oportunidades de reparação.

— Ainda me resta uma dúvida: e os cobradores desencarnados de Lucas e Helena? Estarão satisfeitos com o desenrolar dessa história? — perguntou o assistente Áulus.

— Entidades vampirizadoras são, por natureza, nômades, atuando onde está o viciado que, ao abandonar o vício, libera seus obsessores para se satisfazerem em outras freguesias. Já seus "inimigos", que vêm acompanhando-os desde longa data, planejando sua queda, dão-se por satisfeitos por tê-los feito sofrer, momentaneamente, talvez tanto quanto eles mesmos sofreram, de seu ponto de vista distorcido. Visavam ao sofrimento dos jovens e não exatamente ao seu desencarne. No entanto, sabemos que a vingança, muito diferente da justiça, não visa à corrigenda e sim à destruição. Não temos garantias de que Lucas e Helena estarão livres de seus opositores, e a melhor maneira de livrarem-se de futuras obsessões seria optarem por elevarem sua moral, por meio de uma vida reta.

Após mais alguns minutos de conversa, Sérgio despediu-se da equipe espiritual, agradecido por ter auxiliado sua família, e retornou às lides espirituais onde atuava.

***

No hospital, Helena teve alta após a visita do médico.

Desde que acordara, a moça não vira ainda a mãe, mas ligou para ela, que quase não se aguentou de alegria ao ouvir a voz da filha dez dias após o acidente. Antes da ligação, Marcos conversou com Marília, que não estava bem. Ela piorara consideravelmente nos dez dias em que Helena pendeu entre a vida e a morte no leito hospitalar. O impacto da tragédia e a incerteza sobre o futuro de Helena desequilibraram ainda mais as funções orgânicas da senhora, já debilitadas.

---

5 Ezequiel 33:11

Auxiliada por Marcos, a jovem foi até o quarto da mãe, que, enfraquecida, a esperava com lágrimas nos olhos. Marcos acomodou Helena confortavelmente em uma poltrona próxima à cama e deixou que mãe e filha conversassem a sós.

— Fico feliz que esteja de volta, filha — disse Marília, quase sussurrando. — Pensei que iria embora sem me despedir de você.

— Achei o mesmo, mãe. Tive a certeza de que nunca mais a veria novamente. Inclusive, por alguns instantes, no dia do acidente, tive a certeza de que havia desencarnado ao acordar e me ver dentro da marginal, que mais parecia para mim um fosso lamacento e fétido, cercado por trevas.

— E você está bem? Pelo visto, ainda se recupera. A cirurgia dói?

— Estou bem... Não consigo pôr o pé no chão e meu corpo dói um pouco. Mas nada que seja sacrificante.

— Marcos dormiu com você no hospital todos os dias. Ligava várias vezes me informando seu estado. Perdoe-me por não ter ido visitá-la. Marcos também cuidou de mim, levando-me às sessões de quimioterapia, e resolveu vários assuntos ligados à loja, acredita? Ele tem um coração de ouro e muito conhecimento!

Helena sorriu para a mãe, sem nada dizer. Sentia-se constrangida pelo trabalho que deu a todos, mas, ao mesmo tempo, muito grata por ter um homem como Marcos ao seu lado e ao lado da mãe.

A enferma fez uma pausa e depois continuou:

— O que houve, Helena? Como tudo aconteceu?

— Acreditei em Lucas. Ele disse que queria conversar e me convidou para sair, comer algo... Mas não estava com a melhor das intenções.

— Não devia ter entrado naquele carro.

— Agora eu sei! Mas gostava de Lucas, não tinha mágoas e, inocentemente, não vi problemas em sair com ele. Não tinha a intenção de trair Marcos, apenas queria pôr um ponto final em nossa história, e como ainda não tínhamos conversado pessoalmente, pareceu-me a chance de esclarecer tudo e, inclusive, contar-lhe que já estava comprometida com outro.

— E ele não aceitou muito bem seu romance com Marcos?

— Para falar a verdade, aceitou bem até demais! Parecia tudo bem, até que, no caminho para casa, quis me forçar a dormir com ele uma vez mais e rumou para um motel onde costumávamos ir. Foi horrível, mãe — disse em lágrimas. — Dentro do carro começou a me acariciar. Pedi que parasse, que voltasse e desistisse da ideia. Por fim, agi num impulso e puxei o volante com força. Não sei explicar por que fiz isso, deve ter sido desespero.

Quando acabou de falar, Helena notou que a mãe adormecera. Teve pena da genitora e chamou Marcos para que a conduzisse ao seu quarto. O homem pegou a jovem no colo, levou-a até a cama e deitou-se ao seu lado.

— Como senti falta desta cama! — Helena disse rindo e aconchegando-se aos travesseiros. Marcos a observava sorridente.

— Que susto nos deu!

— Marcos... Sinto que nasci de novo, sabia? É como se tivesse ganhado uma nova chance.

— Eu acredito. Resta saber, no entanto, uma nova chance de quê?

— Há muito que realizar ao seu lado.

— E eu ao seu — respondeu o namorado beijando-a.

Ficaram ainda alguns minutos na cama conversando até que, ao se virar, Marcos observou uma bela luminária no criado-mudo. Já a havia visto antes, mas nunca notou que era uma letra chinesa.

— Helena, nunca havia reparado... Seu abajur tem a forma de uma letra chinesa.

A jovem quase perdeu o fôlego de tanto rir. Marcos, curioso, aguardou pacientemente que a namorada se recuperasse para lhe explicar o porquê do riso, frente a uma pergunta tão simples.

— Você não vai acreditar se eu lhe contar, mas é só por causa desta luminária que eu e você estamos juntos.

— Como assim?

198

— Há alguns meses, tive uns sonhos muitos estranhos. E todos eles envolviam um ideograma chinês. Uma vez, me deram um colar com um pendente nesse formato, outra vez entrei numa cabana para fugir de uma tempestade e esse desenho estava enquadrado numa parede. Por várias vezes, sonhei que fugia de algum perigo iminente e uma porta marcada com esse ideograma me proporcionava uma saída segura... Até que, no dia que minha mãe teve a primeira crise por causa da doença, que inclusive foi o dia em que bati em seu carrinho de supermercado, passei em frente a uma loja e vi a luminária lá. Foi aí que soube do seu significado, chama-se *Shuangxi* e é o símbolo da dupla felicidade.

— Dupla felicidade? — perguntou Marcos, mais confuso do que antes.

— Sim... A vendedora me contou que fazia parte de uma história antiga. Wang Anshi queria ser um discípulo imperial. No dia do seu casamento, ele recebeu a notícia de que tinha sido o primeiro colocado nos exames. Então ele desenhou um *chi* ao lado do outro, para mostrar sua dupla felicidade. Esse desenho representa a felicidade de ele estar se casando com sua amada, e a felicidade de ter sido aceito como discípulo. Disse ainda que muitos casamentos na China usam esse símbolo.

— Acho que vai ter que explicar mais...

— Representa a felicidade romântica, no relacionamento a dois; e a felicidade da realização profissional, algo como a felicidade espiritual e a felicidade material.

— Muito claro agora! E, por isso, agarrou-se ao primeiro estranho que lhe apareceu? — disse rindo da brincadeira.

— Não exatamente, mas quase isso. A partir da conversa com a vendedora chinesa e motivada por tantos sonhos, parece que meu coração abriu-se. Como não estava em um relacionamento sério com ninguém, passei a achar que a qualquer momento meu verdadeiro "príncipe encantado" apareceria. E, realmente, apareceu: foi o primeiro homem com quem me encontrei após comprar a luminária, poucos minutos depois. Quando te vi no supermercado pela primeira vez, você chamou muito minha atenção, sabia? Foi encanto à primeira vista, ou melhor, amor à primeira vista!

— Não digo que não tenha me interessado por você, independente de quase "destruir" nossos carrinhos de compras — disse rindo. — Além de linda, você era educada e espontânea. Inclusive, te achei muito divertida!

E, abraçando-se apertadamente, conversaram ainda por um longo tempo até que Helena caísse no sono.

Marcos sentia-se bem, não apenas por amar e ser amado, mas também ser útil às duas enfermas, que nele confiaram suas vidas. Aquele lar precisava dele, e ele, daquele lar. Ali, sentia-se verdadeiramente em casa.

Capítulo 39
RENOVAÇÃO

A recuperação de Helena transcorria tranquilamente, e o apoio de Marcos estava sendo imprescindível. Como era o gestor responsável pelas importações de uma grande empresa, tinha certas regalias, principalmente no que dizia respeito aos horários de trabalho. Desde que Helena sofrera o acidente, tratou de desdobrar-se, não apenas para atender às responsabilidades profissionais que lhe cabiam, mas também para auxiliar a namorada e Marília diariamente.

Helena, que não se mostrava com a destreza de costume pois usava temporariamente uma bengala, não podia estorçar-se em demasia, andar longas distâncias ou galgar os simples degraus de uma escada, e precisava de apoio nas visitas que fazia a fornecedores. Marcos tornara-se figura conhecida nessas intermediações.

Da mesma forma, Marília precisava de alguém que lhe acompanhasse nas pesadas sessões de quimioterapia e nas consultas médicas, e Helena não estava fisicamente capacitada para tal. Assim, o genro dispunha-se a acompanhá-la quando necessário, apurando com os médicos notícias atualizadas sobre o estado geral da senhora.

Não havia passado nem um ano desde que Marília descobrira a enfermidade que a consumia dia após dia e, justamente em uma consulta de rotina, na presença de Helena e Marcos, o médico responsável pela senhora mostrou-se particularmente preocupado. Conversando com o casal sobre o estado de saúde da mulher, não os animou, pelo contrário, avisou que a situação dela piorara consideravelmente.

No retorno ao lar, Helena e Marcos seguiam silenciosos e, intimamente, não se admiraram com o diagnóstico médico. Decidiram não contar nada à enferma. A natureza agiria por si só.

Mesmo sem a companhia de Marília, Helena e Marcos frequentavam a casa espírita semanalmente e ingressaram em um dos grupos de estudo doutrinário. O grupo espírita, sabendo do estado de saúde delicado da matrona, combinou com o casal uma visita à doente para realizar o Evangelho no Lar.

***

No dia e hora combinados, foi com muita alegria que Marília recebeu os companheiros de longa data que, animados com a visita, encheram-se de alegria com o estudo do Evangelho na companhia da senhora, em um momento tão crucial. O grupo chegou trazendo um clima de paz e harmonia, que em muito beneficiou aquele lar. Durante os minutos que precederam a prece, a harmonização foi feita com todos cantando músicas cristãs, ao som do violão tocado magistralmente por um dos visitantes.

O estudo do capítulo três de *O Evangelho Segundo o Espiritismo* trouxe um interessante e esclarecedor comentário do dirigente da reunião:

— O orbe terreno é um imenso hospital-escola, onde habitam seres encarnados e desencarnados que necessitam da evolução intelectual e moral. A transição planetária corre a olhos vistos. Estamos deixando a era de provas e expiações e vendo os primeiros raios da aurora do mundo de regeneração.

"Nas provações encerram-se os desafios que nos ensinam, aprendizes renitentes e preguiçosos, o caminho para o trabalho e a elevação espiritual. Nas expiações, nos deparamos com as penas lavradas aos criminosos. Não há confusões quanto a esse entendimento: provas são como testes, oportunidades divinas de adquirir novos conhecimentos. Assim, nas provações poderemos vencer as más tendências que, na grande parte das vezes, nós mesmos escolhemos.

"Mas, infelizmente, nem sempre buscamos apenas aprender. Não raro cometemos faltas graves que necessitam de urgente reparação, não só para recuperar o prejuízo que causamos mas para nos reeducarmos. Por isso, nas questões espíritas, não se fala em punição ou condenação."

E, após os comentários de todos os participantes, cantaram mais uma bela música, antes da prece de encerramento:

A melhor oração é o amor
Tu precisas orar
Mas tu deves lembrar
Que a melhor oração é o amor
Caridade é também oração
Gentileza auxílio e perdão
São as preces sublimes
Do teu coração
Gentileza auxílio e perdão[6]

O dirigente solicitou que Helena fizesse a prece de encerramento, já que era a anfitriã. Nesse momento, a jovem sentiu algo que nunca houvera sentido antes. Uma força que parecia tomar conta de si e que mal podia conter. Com o coração acelerado e quase ofegante, proferiu uma prece que arrancou lágrimas dos mais sensíveis presentes.

Se pudessem enxergar o mundo espiritual com os olhos da alma, Helena e todos os presentes veriam Jonas inspirando a jovem a fazer a prece de encerramento, que apesar das palavras inexatas, captou a essência do que o instrutor gostaria de transmitir. Muitos Espíritos amigos estavam ali reunidos além de Jonas: Áulus; Vanessa; Sérgio, pai de Helena, muito emocionado por retornar ao lar bendito e reduto sagrado de sua família; Cíntia, a ex-namorada de Marcos, especialmente convidada para a reunião e muito feliz por rever o antigo

---

6   *A melhor oração é o amor* — foram encontradas algumas divergências com relação ao título da música e aos compositores.

companheiro permitindo-se novamente amar após um doloroso período de luto, e vários amigos ligados à família e ao grupo espírita.

Após a prece, Helena, tomada de uma intensa vertigem, precisou de alguns segundos para retomar a lucidez. Não sabia explicar o que acontecera. Quando abriu os olhos, todos a olhavam encantados.

— Acho que estava especialmente inspirada hoje, Helena — disse Marcos.

— Parece que a espiritualidade trabalhou bem hoje! — comentou o dirigente da reunião, fazendo com que todos rissem.

E por mais uma hora eles ainda conversaram, enquanto Marcos servia um lanche especialmente preparado para a ocasião. No momento da despedida, todos se abraçaram como amigos e irmãos, sabendo que nasciam ali novas amizades, que atravessariam o tempo.

Capítulo 40
DESPEDIDA

Eram 13 horas quando Helena entrou no hospital, Marília seria internada. Seu estado merecia muita atenção. Como vinha piorando gradativamente, e nesse dia em especial apresentara princípios de hemorragia e dores intensas, não houve outra saída. Conformada com a situação da genitora, já esperada, na verdade, a única esperança que tinham era de que o sofrimento, de alguma forma, pudesse ser amenizado nessa passagem tão dolorosa para todos.

Examinada pelo médico responsável, ele contou a Helena que o corpo de Marília encontrava-se no limite, ela seria transferida para a UTI o quanto antes. O médico evitou dar a Helena esperanças de que a mãe se recuperasse.

A enferma mostrava-se apática, claramente sem forças. Seus órgãos internos, pressionados pelo adenocarcinoma, davam sinais de esgotamento e, após a internação, a hemorragia era intermitente. Depois de instalada em um confortável quarto, Helena tratou de tranquilizar a mãe que se mostrava agitada, preocupada, não com sua saúde, mas com o futuro da filha e dos negócios da família.

— Mãe, não quero que se preocupe com nada. Vai ficar tudo bem. Marcos tem me auxiliado nas negociações com os fornecedores, nas questões fiscais e de importação. Nos assuntos que senhora é *expert*, ele também tem bom conhecimento.

— Você... o ama... Helena? — perguntou a enferma, com certa dificuldade.

Sorrindo, a jovem segurou a mão da mãe carinhosamente.

— Amo muito, mãe. Com ele, finalmente, estou em paz — e fazendo uma pausa, continuou: — Quantas vezes agi impensadamente, arredia, fugindo sem saber de minhas próprias necessidades emocionais. Dava vazão a tantos desatinos, tentando suprir um vazio que nunca era preenchido. Hoje sei que, na verdade, preencher o vazio era mais simples do que eu imaginava. Era somente falta de amor!

Sorrindo, Marília aquietou-se no leito. Intimamente, ela sabia que dali não voltaria para casa, por isso, mostrava-se preocupada com a filha. No entanto, resolveu desligar-se dos problemas do mundo, afinal, tinha certeza de que, em breve, essas questões não lhe diriam mais respeito. Tinha que estar bem consigo mesma.

Sob efeito dos fortes medicamentos, Marília adormeceu profundamente, acordando só no fim do dia. Ao abrir os olhos, viu Helena, que cochilava ao seu lado, em um confortável sofá. Tossiu um pouco ao mexer-se na cama e, quando levou a mão à boca viu que havia regurgitado sangue. Chamou a filha para auxiliá-la.

Helena, acordando assustada, rapidamente acudiu a mãe com um lenço.

— Obrigada — Marília agradeceu à filha. — Sonhei com seu pai hoje à tarde, Helena.

— Com papai? Eu mesma não tenho o hábito de sonhar com ele, com exceção daquela noite terrível, em que fiquei presa na marginal. Mas diga, como ele estava?

— Estava... muito bonito, rejuvenescido, forte. Seu pai era alto e robusto, lembra-se? Você o puxou na altura, mas pegou minha magreza. Olhando você agora, Helena, vejo que está com traços fortes, como ele. Talvez você mesma não tenha percebido, mas nesses últimos meses você se modificou muito. Quando olho para você, não vejo mais aquela menina impertinente, vejo uma mulher forte e madura. Não creio que tenha sido apenas por causa da minha doença, que lhe deu mais equilíbrio e sabedoria, nem tampouco por causa de Marcos, que lhe despertou para uma felicidade que nunca teve. Mas, principalmente, por causa do acidente na marginal, no qual você descobriu uma força descomunal e hoje se mostra mais séria e comedida em seus atos.

— Obrigada, mãe — disse a jovem resignada e, ao mesmo tempo, relembrando-se de Sérgio.— Me lembro de papai como o descreveu.

— Sinto falta dele, filha, até hoje, embora nunca tenha lhe dito. Sempre soube que ele me esperaria, pacientemente, no mundo espiritual, ao mesmo tempo, me inspirando nos momentos difíceis. Por mais que sua ausência seja dolorosa, sempre tive a certeza de que está bem e continua próximo.

— Se amou papai como amo Marcos, entendo a falta que ele lhe faz. Pena que eu tenha demorado tanto para encontrá-lo, com certeza evitaria muitos dissabores em minha vida íntima!

— Se o ama tanto, conserve seu relacionamento! Eu amei seu pai e ainda o amo, por isso, continuei sozinha. Mas logo irei revê-lo. Sei que me aguarda.

Helena ia responder, mas preferiu calar-se e continuou ao lado da mãe. Sua perna doía pelo mau jeito que cochilou no sofá. A infecção que sofrera havia gerado complicações cirúrgicas, tornando sua recuperação mais demorada que o normal.

Marcos não tardou a chegar, após ter passado no apartamento de Helena para buscar algumas roupas e alguns itens de uso pessoal. Entristeceu-se ao ver a enferma definhando no leito hospitalar. Como Marília dormia profundamente, aproveitou para convidar Helena para saírem um pouco do quarto e comerem algo na lanchonete do hospital.

O casal aproveitou para conversar enquanto comia, em uma área no térreo, anexa à sala de espera e que possuía um pequeno jardim e largas cadeiras. Sentando-se, Helena, que até então se mostrava silenciosa, quis desabafar chorosa.

— É só uma questão de tempo. Minha mãe é tão forte! Estou admirada com ela, com seu equilíbrio, com sua paciência. Conversei com o médico, e ele vai encaminhá-la à UTI o quanto antes, contudo, sem muitas esperanças. Seu organismo está no limite.

— Sua mãe tem sido uma verdadeira guerreira.

— Sempre foi. Sempre cuidou de suas responsabilidades com afinco, sempre lutou. Lembro-me de quando meu pai desencarnou... Ela não esmoreceu, mesmo destruída por dentro. Fico triste que se vá, assim, tão de repente. Nem conhecerá os netos!

Aproveitando-se da deixa de Helena, Marcos tentou animar a namorada, retirando-a da tristeza em que se encontrava.

— Sua mãe vai ter netos?

A jovem, então, olhou para o namorado e abriu um belo sorriso.

— Ora, meu amor, acho que acabo de me entregar...

Rindo da observação da jovem, Marcos beijou-a e a abraçou apertadamente. Amava Helena profundamente e, quando ela quisesse, estaria pronto para se unirem em definitivo.

Conversaram durante longos minutos até que decidiram ir. Marcos voltou para casa, e a jovem foi para o quarto da mãe, pois lhe faria companhia durante a noite. Despediram-se tristemente, prometendo encontrarem-se no dia seguinte.

***

Ao chegar ao quarto, Helena viu que a mãe continuava dormindo e respirava ruidosamente. A jovem deitou-se exausta, mas mesmo assim demorou a dormir. Naquele momento, o futuro lhe parecia tenebroso: "O que seria de mim sem minha mãe?", sua mente fervilhava de pensamentos. Após algum tempo, adormeceu em silenciosa prece. No entanto, foi um sono intermitente. Acordou várias vezes durante a noite, pouco conseguiu descansar. Além disso, sua perna doía horrivelmente, mesmo tendo tomado os analgésicos recomendados pelo médico.

No dia seguinte, a situação de Marília seguiu crítica. Sem apresentar melhora, pelo contrário, com o aumento do fluxo hemorrágico e a perda das forças, foi encaminhada à UTI logo pela manhã.

Mesmo evitando pensar no pior, Helena sabia que era questão de tempo até sua mãe desencarnar. Sem ter o que fazer, voltou para casa e evitou falar com qualquer pessoa. Queria ficar sozinha, estava exausta, física e mentalmente. Sentia que o mundo desabava sobre sua cabeça. Não sabia o que fazer.

Buscando esquecer um pouco a situação pela qual a mãe passava, conseguiu dormir por algumas horas.

***

No hospital, desenrolava-se uma cena que se repetia milhares de vezes por dia, em inúmeros leitos nos quais enfermos despediam-se da vida física. Ao lado de Marília, estava Sérgio acompanhado pelo instrutor Jonas e pelos assistentes Áulus e Vanessa.

— Obrigado por aceitar meu convite, Jonas.

— Não há o que agradecer, meu amigo. Vou dar início ao processo de desligamento de nossa amiga do corpo físico. Seu envoltório não apresenta mais condições de abrigar seu espírito e manter-se conectado a ele, apenas irá gerar mais sofrimento. Felizmente, Marília preparou-se para esse momento e apresentava condições psicológicas favoráveis para o desligamento imediato.

Os amigos espirituais, fazendo movimentos peculiares, cortaram os últimos laços fluídicos que restavam entre a enferma e seu corpo. Logo, Marília foi despertando para a realidade da vida extrafísica.

— Marília! Meu amor! Como é bom reencontrá-la! — disse Sérgio, esboçando um grande sorriso no rosto.

— Sérgio? Estarei sonhando? — perguntou a recém-desencarnada, ainda sonolenta e confusa pelo desligamento do aparato material.

— Não, meu amor. Você vive agora a verdadeira vida, para a qual todos fomos criados.

Como Marília já se preparara para aquele momento havia alguns meses, não assustou-se com sua situação e aceitou passivamente sua situação.

209

— Sérgio, como senti saudades! Sabia que você me receberia em seus braços assim que desencarnasse! Intimamente, eu sentia que me acompanhava.

— Sempre estivemos conectados de alguma forma. É hora de irmos.

— Sempre. Quem são esses? Não os conheço — disse Marília, observando a equipe espiritual que acompanhava o marido.

— São amigos queridos, que muito têm nos auxiliado! Vamos, lhe contarei tudo com o tempo.

— Antes de ir, posso pedir um favor?

— Claro, diga, meu amor!

— Gostaria de ver Helena.

Sérgio olhou para Jonas, como se solicitasse alguma orientação a respeito. O instrutor, concordando, levou o grupo até a residência da jovem, encontrando-a dormindo profundamente.

Em algum momento, durante o sono reparador, Helena viu-se em casa, andando descalça até a sala. Chegando lá, a mãe a esperava sorridente e lhe contou coisas maravilhosas. Estava linda, parecia iluminada e com uma vitalidade que há muito Helena não via.

Foi quando a jovem acordou bruscamente, com o som do telefone, que tocava insistentemente. Tentando voltar à realidade, atendeu a ligação. Era do hospital. Solicitavam sua presença imediata.

Embora não o tivessem dito, não era necessária muita experiência no assunto para saber o que acontecera. Respirando fundo, Helena recordou-se do sonho que acabara de ter com a mãe. Com certeza, Marília desencarnara e havia lhe visitado durante o sono. A moça fez uma prece rogando força e equilíbrio. Logo depois, pegou o telefone e ligou para Marcos.

— Oi, Helena! — atendeu Marcos, otimista.

— Marcos, me ligaram do hospital. Requisitaram minha presença com urgência — falou chorando. Mal conseguia se expressar, tamanha a emoção que sentia. — Não me

210

chamariam com essa urgência se minha mãe não tivesse desencarnado!

Marcos refletiu antes de responder:

— Me aguarde aí, já estou indo. Quero acompanhá-la ao hospital.

Capítulo 41
RENOVAÇÃO

A previsão de Helena se confirmou. Marília desencarnou tranquilamente na UTI, por falência múltipla dos órgãos ocasionada por um adenocarcinoma que lhe comprometera as funções orgânicas.

Helena passou por um breve período de luto. A pedido da jovem, Marcos alugou seu apartamento e mudou-se para o apartamento onde viviam mãe e filha. Acabou por ser o sustentáculo de sua recuperação, unindo-se a Helena de corpo e alma como verdadeiras almas afins, que alguns chamavam de almas gêmeas.

A doutrina espírita tornou-se a base daquele lar, e as dúlcidas palavras do Evangelho redentor foram para Helena a tábua de salvação, cujo conteúdo consolador a resgatou de toda a tristeza que sentia.

Com o passar dos dias, não se sentia mais triste pela morte da mãe, estava apenas saudosa de sua companhia e de seu amor. Durante um ano, toda vez que estava em casa, simples barulhos feitos por Marcos, como o abrir de uma torneira, o fechar de uma porta, o som de passos, faziam Helena recordar-se imediatamente da mãe, achando que Marília havia milagrosamente retornado ao lar. Por vezes, ia conferir de onde vinham os sons — na esperança de reencontrar a mãe mesmo sabendo que não a encontraria — e encontrava o namorado em atividades rotineiras, lavando as mãos, escovando os dentes, transitando por um ou outro cômodo ou procurando algo em uma gaveta.

Durante um tempo, Marcos continuou seu trabalho como gestor de importação. No entanto, Helena, após passado o período de luto e sentindo-se mais forte e mais segura, falou com o namorado sobre a possibilidade de ampliar o negócio já bem-sucedido revendendo grifes estrangeiras, com a consultoria dele, que era versado nos trâmites do comércio internacional.

Após algum tempo, os dois abriram juntos uma segunda loja, unindo a *expertise* de ambos.

Mesmo morando juntos, Helena e Marcos resolveram efetivar sua união perante a lei após três anos do desencarne de Marília. Casaram-se em uma cerimônia simples, com recepção reservada apenas a alguns amigos e familiares mais próximos.

No mundo espiritual, o casal continuava sendo observado por grandes amigos que lhes queriam muito bem. Após a cerimônia de casamento, encontraram-se para deliberar sobre o futuro dos dois amorosos nubentes.

Sob a inspiração do Altíssimo, estavam reunidos o instrutor Jonas e seus dois auxiliares, Áulus e Vanessa; o casal Marília e Sérgio, pais de Helena; os novos amigos Pedro e Silmara, pais de Marcos, com a tutelada Cíntia, antiga namorada do rapaz, e que tinha por ele grande carinho. Juntos, formavam uma família fraterna e prezavam pelo futuro feliz de Marcos e Helena, sob os auspícios da espiritualidade e dentro do planejamento que haviam realizado antes de reencarnarem.

Jonas, que havia cuidado pessoalmente de todo o planejamento, tomou a palavra:

— É uma grata satisfação receber todos aqui, neste dia tão especial. Acabamos de assistir à união feliz de duas pessoas que, para nós, possuem uma importância imensurável. O enlace de Helena e Marcos representa o resultado de grandes esforços que foram empreendidos por todos aqui presentes, desde que estiveram encarnados até hoje, desencarnados. Essa união nos alegra sobremaneira.

"Não é nossa intenção demorarmo-nos com a palavra. Mas é importante que tratemos de assuntos acertados há vários anos, antes mesmo que os pais de nossos nubentes estivessem encarnados. Por isso, temos consciência da relevância dessa questão para todos.

"Como devem saber, inicia-se hoje uma nova programação na vida de Helena e Marcos, para assumirem certos compromissos que aguardavam o momento oportuno.

"Áulus e Vanessa, vocês serão peças-chave nessa programação. Conforme já havíamos planejado, vocês reencarnarão em breve no lar de nosso casal. Áulus, você será o primogênito. Pouco tempo depois, reencarnará Vanessa. Vocês têm alguma consideração a fazer a esse respeito?".

Balançando a cabeça negativamente, Áulus e Vanessa continuaram em silêncio.

— Seu corpo físico já está sendo planejado, Áulus, e logo iremos, juntos, ver se o resultado do projeto lhe agrada. Em poucos anos, reencarnará novamente, e terá uma série de desafios a vencer, e precisa ter um corpo físico à altura das exigências que virão.

"Vanessa, você também precisará de um corpo físico que a auxilie a vencer uma série de dificuldades. Juntos, definiremos a programação de vida de vocês, para que tenham o máximo de proveito em seu retorno ao mundo físico. No entanto, independente do plano a que se submeterem, lembrem-se de que ambos iniciarão a experiência terrena com dois fatores agravantes, que provavelmente muito dificultarão suas provações: beleza física, fruto da combinação da genética imbuída nos corpos de seus futuros pais; e fortuna material, fruto da inteligência e empenho deles na aquisição de bens materiais.

"Portanto, é necessário que, daqui em diante, o fortalecimento moral seja o objetivo primordial, até o encerramento do cárcere da carne".

Felizes com o destino que lhes fora reservado, os dois assistentes agradeceram imensamente a Jonas pela atenção e pelos ensinamentos que lhes vinha destinando havia tantos anos. Mostrando similar contentamento, o instrutor continuou:

— Temos ainda uma grata surpresa para todos. Cíntia, venha até aqui, por favor.

Muito diferente de Helena, que se destacava pela silhueta alta e magra e ostentava longos fios de cabelos que iam até a cintura, Cíntia, igualmente bela, era baixa e com muitas curvas, olhos profundamente verdes, cabelos lisos e curtos, e o rosto salpicado por sardas diversas.

A jovem, atendendo à convocação de Jonas, colocou-se ao seu lado sorridente.

— Após muito obtemperar com nossos mentores, Cíntia obteve permissão para integrar essa bela família espiritual que se renova a partir de hoje. Poucos anos após o nascimento de Vanessa, Cíntia será a filha caçula do casal. Os conselhos destinados a Áulus e Vanessa servem igualmente a você, Cíntia. Tendo expiado suas dívidas em acidente reparador, está pronta para recomeçar com as melhores condições possíveis, mas não se esqueça de que, tanto a beleza física quanto a fortuna material podem tornar-se barreiras intransponíveis ao cumprimento de seu destino, portanto, cuidado. Se tudo correr bem, seus irmãos mais velhos em muito a auxiliarão!

Muito agradecida pela oportunidade, a jovem retornou ao grupo ansiosa para organizar com Jonas e os espíritos superiores seu planejamento reencarnatório.

Aproveitando o momento sublime, Sérgio pediu a palavra por um instante:

— Fiquemos todos com a consciência tranquila. Somos todos uma grande família e não importa de que lado da existência estivermos, sempre nos auxiliaremos, como temos feito a várias gerações, por mais que nem todos consigam se recordar. Com amor no coração e o desejo sincero de melhoria íntima, não haverá limites que não possamos vencer.

"Sabemos que todos temos muitas tarefas a desempenhar aqui, no Mundo Maior, mas isso não impedirá de nos encontrarmos sempre que necessário. Áulus, Vanessa e Cíntia, contem conosco nos desafios que enfrentarão nos próximos anos e, falando por mim, estarei à disposição para o que necessitarem."

Em clima fraterno, os amigos de longa data conversaram ainda por alguns minutos antes de se despedirem, retornando cada qual à sua rotina.

Capítulo 42
REENCARNAÇÃO

Na época em que completavam dois anos de casados, Helena e Marcos, julgando ser a hora certa de tomarem uma séria decisão sobre seu futuro e, principalmente pela jovem está com 35 anos, optaram por ter filhos.

Abandonariam, a partir de então, o uso de qualquer método anticoncepcional, deixando a natureza agir naturalmente.

Após alguns meses, certa feita, Helena sentiu-se mal. A jovem teve tonturas, mas julgou que eram episódios hipoglicêmicos, já que sempre comeu pouco e tinha sérias dificuldades para ganhar peso. No entanto, quando seu período menstrual atrasou — segundo a tabela de que se utilizava — Helena preocupou-se.

A jovem comprou um teste simples na farmácia e, após realizá-lo, confirmou a gravidez. Em poucos meses, o médico foi capaz de determinar o sexo do primeiro filho: era um menino. Durante a gestação, o bebê, muito ativo, mostrava-se frequentemente agitado. No oitavo mês de gestação, Helena sentiu as primeiras contrações do parto.

Recordando-se de um livro espírita que lera, e, envolvida como estava com a doutrina dos espíritos, Helena pensou em dar o nome de Áulus ao pequeno ser amado. Mesmo achando estranho, Marcos concordou. O nome era exótico, porém, bonito.

O pequeno Áulus tornava-se forte e robusto. De temperamento genioso e tez séria, era determinado naquilo que desejava e, ao mesmo tempo em que às vezes criava embaraços aos pais de primeira viagem, admiravam-no pela postura firme. Educado adequadamente, pensavam, seria um homem de moral irreprochável.

Quando o pequeno Áulus completou quatro anos de idade, Helena, que já tinha 39 primaveras, confirmou nova gravidez, igualmente planejada, antevendo-se às dificuldades recorrentes da idade.

Após nove meses de uma gravidez pacífica e saudável, nasceu a pequena Vanessa, batizada assim pelo casal após muita indecisão. Aparentemente, acharam esse nome bonito, sem outros motivos.

Diferentemente de Áulus, a pequenina era doce e calma, e sua presença exalava paz. Inteligente, a tudo observava com atenção, como se absorvesse cada detalhe do que a rodeava. Menos ativa que Áulus, que já corria pela casa antes de completar um ano de idade, Vanessa era mais lenta no desenvolvimento físico e foi com um ano e dois meses de idade que se levantou pela primeira vez, precavida, segurando-se no braço do sofá. Logo os pais perceberam o quanto a menina era metódica em tudo o que fazia e, futuramente, a imaginavam como uma mulher extremamente organizada e até perfeccionista.

Ainda muito pequena para falar, Vanessa sempre via um casal que a visitava com frequência. Eram o vovô e a vovó.

Pensando em dar por encerrada qualquer futura paternidade, Marcos, que já tinha mais de 50 anos, combinou com Helena de retornarem aos métodos anticoncepcionais por tempo indeterminado, até que se decidissem pela esterilização.

No entanto, passados menos de dois anos do nascimento de Vanessa, Helena começou a sentir os sintomas que já conhecia muito bem. Grávida novamente, mas dessa vez sem planejamento, julgaram a situação um acidente bem-vindo, mas que os assustou tremendamente.

Com o decorrer dos meses, a gestação passou a se desenrolar de maneira muito adversa às outras. Por vezes, atribuiu o fato ao descontrole dos hormônios e, mais do que nunca, passou a ansiar a companhia de Marcos, desejando--o ardentemente. Apesar de contente com o transcorrer da gestação, o companheiro preocupava-se com o temperamento da esposa, que oscilava entre a brandura angelical e a volúpia incontrolável.

Próximo ao nascimento da criança, ficaram em dúvida sobre o nome. Se já havia sido difícil escolher o da filha anterior, que dirá de mais uma, pensavam. Por fim, como Helena havia escolhido o nome do primogênito, Marcos achou que seria justo que ele decidisse agora o nome da criança. Refletindo sobre o assunto, pensou no nome Cíntia, em homenagem à antiga namorada, no entanto, sentiu-se constrangido de falar com Helena sobre essa possibilidade, despertando--lhe ciúmes.

Aproximando-se do término da gravidez, Helena resolveu debater sobre o assunto com o marido.

— Amor, sei que está pensando no nome de nossa filha há algum tempo. Mas sei também que essa tarefa não é fácil, tendo em vista o quanto obtemperamos na escolha do nome Vanessa.

— Tenho um nome em mente, embora ainda tenha dúvidas se é adequado — disse Marcos, disposto a contar a Helena o que planejava.

— Por isso mesmo pensei em um que poderia pôr fim a essa dúvida: Cíntia. Sei que vocês se gostavam, e também que ela cumpriu seu papel na Terra com louvor, tendo desencarnado ainda jovem. Não tenho ciúmes de sua lembrança, pelo contrário, sinto que eu e ela temos fortes laços.

Assustado com a decisão de Helena, Marcos desabafou:

— Você não vai acreditar! Era justamente esse nome que havia escolhido. Impressionante nossa sintonia! No entanto, eu estava constrangido, acreditando que talvez fosse zangar-se.

— Não sou dessas, que se sentem enciumadas por qualquer coisa. Aliás, penso ser mais provável que ela mesma esteja nos inspirando, o que seria uma grata bênção. Talvez ela mesma esteja aqui neste ventre. Não acha possível que, vendo-nos felizes, amando-nos, queira nos fazer companhia?

— Sim, é possível, pena ser improvável.

E ambos riram da observação de Marcos.

Por fim, ao término dos nove meses gestacionais, nascia a pequena Cíntia. Bela como os irmãos, a pequenina veio ao mundo com um diferencial: olhos verdes, que se destacavam em seu rosto angelical.

À medida que Cíntia crescia, foi revelando um charme especial, um magnetismo acima do normal. Não era tímida como Vanessa nem hiperativa como Áulus. Cíntia era expansiva, carinhosa e proativa. Era a mais alegre e traquina entre os irmãos. Tinha riso extremamente fácil. Tranquila, era sempre amável com as pessoas e, quando bebê, saltava nos braços dos amigos, parentes e até de estranhos, sem vergonha ou embaraço.

Dos três irmãos, era a que mais rogava contato com os pais, abraçando-os e o beijando-os constantemente, principalmente o pai, por quem tinha especial apreço. Além de elogiá-los sempre que podia, como se houvesse dentro dela uma imensa gratidão por estar viva.

Helena comentava com Marcos que Cíntia era a mais sapeca e, brincando sobre o futuro da garota, costuma dizer: "Essa aí é uma graça, bajuladora desde pequena. Minha 'mediunidade' de mãe me diz que essa é a que vai nos dar mais trabalho! Acho que vai namorar cedo, por isso, precisamos ficar de olho", e riam da observação.

Apesar de terem se negado a fazer qualquer tipo de cirurgia esterilizadora, Helena nunca mais engravidou. Intimamente, pareciam saber que a família estava completa, um casal e três filhos, pessoas que se amavam incondicionalmente e que carregariam esse amor pela eternidade.

***

Certo dia, andando pela rua, envolvida em suas atividades de rotina, Helena passou em frente a uma antiga loja de artigos chineses, onde se lembrou de ter comprado uma luminária tempos atrás.

Encantada pela recordação, Helena resolveu entrar.

A loja estava igual a primeira vez em que entrou. Como se nada tivesse sido movido de lugar. Logo, uma simpática senhora chinesa veio atendê-la.

— Bom dia, posso auxiliá-la?

— Bom dia! Na verdade estava passando e entrei apenas para dar uma olhada. Tenho boas recordações desta loja. Comprei aqui um objeto muito especial.

Mostrando-se curiosa, a mulher, educadamente, quis continuar o assunto:

— Ora, que bom saber! O que comprou?

— Uma luminária. Com o símbolo de *shuangxi*.

— Ah, sim, lembro-me que tínhamos algumas delas por aqui. Eram belíssimas!

— Sim. No dia, fui muito bem atendida por uma simpática adolescente chinesa, que me explicou o significado do símbolo da dupla felicidade. O *shuangxi* mudou minha vida, sabia?

A senhora interrompeu Helena:

— Adolescente chinesa?

— Sim, supersimpática, contou-me uma história linda.

Pensativa, a mulher sorriu, deixando Helena à vontade.

— Inclusive, pensei que estivesse por aqui, gostaria muito de agradecê-la.

— Ah, que pena! Há muitos anos sou apenas eu e meu marido cuidando dos negócios.

— Tudo bem. Um bom dia para a senhora! — Helena disse, despedindo-se.

— Um bom dia!

Helena se foi deixando para trás uma senhora chinesa bastante intrigada. Afinal, sempre fora a única proprietária e sabia que nunca havia trabalhado em sua loja nenhuma adolescente chinesa: "Será que era um espírito?... E eu achando que esses fenômenos só existiam nos livros...", pensou rindo.

FIM

GRANDES SUCESSOS DE
ZIBIA GASPARETTO

Com 18 milhões de títulos vendidos, a autora
tem contribuído para o fortalecimento da literatura
espiritualista no mercado editorial e para a popularização da
espiritualidade. Conheça os sucessos da escritora.

Romances
pelo espírito Lucius

A verdade de cada um

A vida sabe o que faz

Ela confiou na vida

Entre o amor e a guerra

Esmeralda

Espinhos do tempo

Laços eternos

Nada é por acaso

Ninguém é de ninguém

O advogado de Deus

O amanhã a Deus pertence

O amor venceu

O encontro inesperado

O fio do destino

O poder da escolha

O matuto

O morro das ilusões

Onde está Teresa?

Pelas portas do coração

Quando a vida escolhe

Quando chega a hora

Quando é preciso voltar

Se abrindo pra vida

Sem medo de viver

Só o amor consegue

Somos todos inocentes

Tudo tem seu preço

Tudo valeu a pena

Um amor de verdade

Vencendo o passado

Crônicas

A hora é agora!

Bate-papo com o Além

Contos do dia a dia

Pare de sofrer

Pedaços do cotidiano

O mundo em que eu vivo

O repórter do outro mundo

Voltas que a vida dá

Você sempre ganha!

Coleção – Zibia Gasparetto no teatro

Esmeralda

Laços eternos

Ninguém é de ninguém

O advogado de Deus

O amor venceu

O matuto

Outras categorias

Conversando Contigo!

Eles continuam entre nós vol. 1

Eles continuam entre nós vol. 2

Eu comigo!

Em busca de respostas

Pensamentos vol. 1

Pensamentos vol. 2

Momentos de inspiração

Recados de Zibia Gasparetto

Reflexões diárias

Vá em frente!

Grandes frases

Rua Agostinho Gomes, 2.312 — SP
55 11 3577-3200

contato@vidaeconsciencia.com.br
www.vidaeconsciencia.com.br